O TRECO

Artur Eduardo Souza

O TRECO

GUTENBERG

Copyright © 2006 by Artur Eduardo Souza

Criação e ilustrações da capa
Daniel Bronfen

Revisão
Vera Lúcia De Simoni Castro

Editoração eletrônica
Carolina Rocha

    Eduardo, Artur
E25t   O treco / Artur Eduardo . — Belo Horizonte :
    Autêntica , 2005.
    140 p.
    ISBN 85-89239-32-2
    1.Contos brasileiros. I.Título.

                                          CDU 82-34(81)

Ficha catalográfica elaborada por Rinaldo de Moura Faria - CRB6-1006

2006

Direitos reservados a
Gutenberg Editora
R. São Bartolomeu, 160 – Cidade Nova
CEP: 31 140-290 – Belo Horizonte – MG – Brasil
PABX: (55 31) 3423 3022 – Televendas: 0800 2831322
www.gutenbergeditora.com.br
gutenberg@gutenbergeditora.com.br

Foi feito o depósito legal.

Proibida a reprodução desta obra
sem a prévia autorização Editora.

À memória de Daniel Freitas

O treco	9
A farmácia do seu Olímpio	19
Gente de família	27
Os filhos de dona Fulustreca	33
Informática para imbecis	49
Edileuza	55
Baba, baby	67
Um grande papel	75
Honorino reencarnado	81
Minas Gerais, século XX, anos 60	89
O diabo dá um jeito	101
O pescador	105
A turma do andar de baixo	111
Suborno	127

O TRECO

Ele: Dr. Eulálio, médico dermatologista aposentado, 67 anos, marido, pai, avô, católico praticante. Ela: Carla, estudante, quase dezoito, com veleidades a modelo (atributos para isso não lhe faltam, diga-se). O fato teve os dois como protagonistas e aconteceu em plena praça, diante de velhos, crianças, mães, empregadas, cachorros e Geraldinho, o doidinho de estimação do bairro, que anotava placas dos veículos que passavam. Quando deram por si, o Dr. Eulálio havia derrubado Carla no chão, rasgado a calcinha da moça com uma força e sofreguidão incompatíveis com a sua idade e, depois de descer a própria calça, tentou estuprá-la, ali, diante de todos. Carla, freqüentadora de academia de ginástica, não conseguia, debatendo-se, dando unhadas e pontapés, conter o ímpeto e a ereção do velho. Era tão bizarra a situação que, a princípio, todos olhavam, olhavam e nada mais que olhavam. Felizmente, um cachorro que acompanhava o acontecimento teve mais presença de espírito e abortou a tentativa de estupro com uma mordida nas nádegas murchas do Dr. Eulálio. Sangrando no glúteo e levando tapas no rosto desferidos pela jovem ultrajada, o Dr. Eulálio, ainda de calça e cueca arriadas, perguntava, atônito, o que estava acontecendo e pedia que alguém segurasse aquela moça e aquele cachorro ensandecidos.

Após confabulação dos circunstantes, ficou combinado, apesar dos protestos iracundos de Carla, que o incidente terminaria ali mesmo. O Dr. Eulálio, coitado, sofrera alguma disfunção mental causada pela idade, uma privação dos sentidos, um... um treco. A moça argumentou que não podiam deixar solto na rua um velho gagá tarado, e o Dr. Eulálio argumentou que velho gagá tarado era, com o perdão das senhoras presentes, a puta-que-pariu. Mas os argumentos conciliadores daquela boa e compreensiva confraria prevaleceram. O desfecho do drama satisfez a todos, menos a seus protagonistas: Carla, Dr. Eulálio e o cachorro foram embora rosnando, indignados.

– Você ainda vai ter notícias minhas, velho sem-vergonha! – ameaçou Carla, segurando a roupa rasgada pelo ataque sexual.

– Notícias suas, só se for na Febem! – devolveu o Dr. Eulálio.

Na praça, as pessoas ficaram conversando, excitadas, sobre a atitude incompreensível do velho médico, um exemplo de sensatez e temperança. De onde teria vindo aquela força física inesperada, que a reação da atlética Carla não conseguira abalar um tico? E, aqui entre nós, aquela ereção pertinaz, capaz de orgulhar a qualquer adolescente?

Então, um bebê que tinha observado a cena do colo da mãe, tirou o bico da boca e opinou, com voz fina, mas dicção perfeitamente adulta:

– Todos nós temos um componente selvagem e irracional, que mantemos sob controle. Quanto mais educados e civilizados somos, maior o controle. Eu diria que, por um instante, o pobre Dr. Eulálio perdeu seu controle e retroagiu ao estado primordial em que o homem ainda era puro instinto bestial. Provavelmente, já vem de algum tempo seu desejo por essa moça de trajes sumários e visível gosto exibicionista, vaidosa de sua forma física. Naturalmente, uma análise perfunctória como a minha não é capaz de explicar totalmente o que desencadeou o priapismo do Dr. Eulálio, mas...

Tiveram que correr para segurar o bebê, porque a mãe, muito pálida, começou a vergar as pernas, a caminho de um desmaio. Enquanto o velho seu Deco segurava a criança e outras pessoas seguravam a mulher, o bebê aconselhou:

— Dêem-lhe uns tapas no rosto, que ela recobra os sentidos. Com vigor, mas sem violência. Podem dar, eu assumo a responsabilidade. — E depois, já fazendo cara de choro: — Mamãe, desculpe. Não pensei que minha análise crua e racional do incidente iria deixá-la tão abalada — e abriu o bué. Tinha voltado a ser um bebê normal.

Mas, quando tentaram devolvê-lo à mãe, ela recuou, ainda em estado de choque, virou as costas e fugiu. Algumas mulheres correram atrás, tentando tranqüilizá-la. Enquanto isso, o bebê redobrava o volume do choro nos braços de seu Deco, que o embalava sem sucesso. Tentou passá-lo a outra pessoa, mas o susto que ele causara havia pouco ainda não se evanescera. Houve mesmo quem arriscasse hipóteses macabras:

— Isso não é criatura de Deus.

— Olha se ele tem o número 666 na cabeça.

— Coloquem um crucifixo na pele dele pra ver se queima.

Tanta insensibilidade indignou seu Deco. Aquela pequena criatura abandonada pela mãe despertou uma comoção singular no velho:

— Não liga não, neném. Essa gente é idiota. Vê lá se uma coisinha tão doce ia ser obra do demo. Não tenha medo, não — e sua voz ia ganhando um tom curiosamente maternal. — Isso. Calma. Deixa esse pessoal bobo pra lá. Xinga eles, xinga! Bobões! De quem é esse nenenzinho tão lindo? É da mamãe, não é? Que foi? Tá resmungando por quê? Tá com fominha? Mamãe vai dar comida pro filhinho dela.

Seu Deco abriu os botões superiores da camisa e levou ternamente a boca do bebê ao peito. Fascinadas, as pessoas viram a criança sugar gulosamente o mamilo do velho e o leite sair com fartura, cobrindo de branco a boca e o queixo do menino, descendo num grosso filete do... do... – que nome dariam àquilo? – do *seio* de seu Deco. Depois de amamentado e saciado, o bebê começou a cochilar, ninado por um acalanto do velho.

Quando a mãe, afinal, voltou, seu Deco não quis devolver a criança a ela.

– A senhora abandonou seu filho! – dizia ele, com voz estridente. – Mãe não é quem põe a criança no mundo, é quem cuida dela. Mãe é quem amamenta, quem dá carinho e amor. Mãe sou eu! – E chorava abraçado ao bebê, que acordou e aderiu ao choro com entusiasmo.

– Tirem o meu filho das mãos desse doido! – desesperava-se a mãe. E ela própria avançou em seu Deco. – Larga, desgraçado!

Com jeito, apelando para o instinto maternal de seu Deco – "Cuidado, vocês duas vão machucar a criança" –, as pessoas conseguiram que ele devolvesse o bebê para a mãe. O velho foi embora furioso, ameaçando ir à Justiça lutar, até as últimas conseqüências, pela guarda do seu filho. Mas, dois quarteirões depois, já não se lembrava por que estava chorando, nem por que sua camisa estava molhada e cheirando a leite.

A não ser Geraldinho, indiferente a tudo e absorto em suas anotações, o pessoal da praça estava desavorado com aquelas cenas insólitas:

– O seu Deco, quem diria!

– Que treco aconteceu a ele?

Carla, que havia trocado a sexy roupa rasgada por outra bem mais discreta, cruzou a praça e comentou, ainda furiosa:

– O mesmo treco que aconteceu com aquele tarado de setenta anos, o Dr. Eulálio! Mas eu sei onde ele mora e estou indo à casa dele, tomar satisfações.

E seguiu, decidida, para o confronto.

– Agora o Dr. Eulálio se estrepou – disse uma babá quarentona, sentada num banco, ao lado de um carrinho de bebê.

– A mulher dele vai morrer de ciúme – comentou dona Ordália, ao lado de sua cachorra, Branquinha.

– Será que uma mulher daquela idade ainda sente ciúmes? – duvidou a babá.

– É claro que sente – empertigou-se dona Ordália. – Eu tenho mais de sessenta anos e morro de ciúme de você. Pensa que eu nunca reparei no seu jeito de olhar para a bunda dos homens que passam?

– O quê? Bunda? Ciúme de mim? – a babá, aturdida, arregalou os olhos para a gorda senhora, que agora adotava uma atitude agressivamente lúbrica.

– Ciúme, sim! Você olha com tesão até para a bunda do seu Inácio, aqui, que podia ser seu pai. Que fixação é essa? – levantou a saia e mostrou as nádegas túrgidas para a babá. – Se for bunda, a minha é mais bonita que a dele.

– Dona Ordália – seu Inácio pulou do banco. – A senhora me respeite e se dê ao respeito! Abaixe a saia, que essa doideira já passou do limite!

– O amor não conhece limite – arfou dona Ordália. E, agarrando o rosto da babá com as duas mãos, amassou-lhe os lábios num beijo impetuoso, insopitável, de uma lascívia tão ardorosa que a própria mulher beijada à força parecia ter ficado sem reação.

– Dona Ordália, pare, pelo amor de seus netos! – acudiu seu Inácio.

Foi preciso o esforço de três pessoas para desengatar a vítima catatônica dos braços inexplicavelmente poderosos da sôfrega senhora. Após o beijo, a babá deu alguns passos cambaios pela praça e desabou sobre a grama.

Goró, o bêbado do bairro, chegou naquele momento e, vendo a chacrinha formada, pensou, prudentemente: "Não vou nem chegar perto. Qualquer confusão que acontece, se eu estou no meio, a culpa é sempre minha."

A babá, agora sentada na grama, ria torvamente, em estado de completa atonia. Já dona Ordália, desabada num banco e sendo abanada, parecia estar sentindo asma, taquicardia ou algum outro treco qualquer.

No tumulto, Goró foi o único que reparou num pequeno grupo reunido sob uma árvore, comentando o acontecimento.

– Quem diria, hein? Apaixonada pela babá!
– A dona Ordália, com aquela pachorra toda...
– Ainda existe fogo debaixo das cinzas.
– E que fogo!
– Eu, que moro com ela, nem desconfiava!

As pessoas, algumas reunidas em volta de dona Ordália e outras em torno da babá, assustaram-se com o grito aterrado:

– Os cachorros! Os cachorros estão conversando!

Viraram-se a tempo de ver Goró disparar como um velocista, apesar de, a essa hora da tarde, já estar bêbado, com toda a certeza. Na esquina da praça, ele caiu, levantou-se rapidamente e sumiu de vista, embarafustando por uma rua lateral.

Os cachorros se dispersaram e foram cada um cuidar de sua vida. Branquinha, a *poodle* de dona Ordália, pulou no colo da dona que, afinal, saiu do transe que a dominara e brincou com a cachorra, aparentemente sem se lembrar do que havia ocorrido:

– Que foi, nenenzinho da vó? Tá querendo ir embora? Tá com fominha? Vamos, que tá na hora de jantar e depois nanar, que mocinha ajuizada dorme cedo – levantou-se, despediu-se educadamente e foi embora com Branquinha.

Agora a turma inteira se reuniu para discutir e tentar entender o que estava acontecendo na praça. Que treco havia dado naquelas pessoas sóbrias e sensatas para que se comportassem feito capetas? Haveria alguma explicação lógica, ou mesmo esotérica, para aquilo? Por fim, excitados, todos falavam ao mesmo tempo, e ninguém entendia ninguém. O vozerio foi subindo até chegar a setenta decibéis, correspondentes ao barulho de um restaurante movimentado, quando foi interrompido por 110 decibéis, correspondentes ao barulho de buzina ou de britadeira.

– Que zona é essa aí? – gritou Buzina. – Isso aqui é bairro de respeito, caceta!

– Virou hospício? – disparou Britadeira. – Então, deixa que os doutores chegaram pra cuidar dos doidos.

Buzina e Britadeira eram dois valentões que aterrorizavam o bairro. Dizia-se que eles recebiam comissão de clínicas ortopédicas, tal a quantidade de ossos alheios que quebravam.

A turma calou-se e todos foram se afastando aos poucos, com sorrisos amarelos e comentários pateticamente casuais: "É, tá ficando tarde", "Se eu atraso pro jantar, minha mulher me bate", "Gente, já começou a novela das seis!" E, tendo o grupo de amigos se transmutado numa matula deprimente, os dois fanfarrões se refestelaram num banco, donos absolutos da praça, a não ser por Geraldinho, com suas anotações.

Todos sempre procuravam guardar uma distância cautelosa de Buzina e Britadeira, de modo que ninguém soube o que eles conversaram na praça. De início, perceberam os gestos abrutalhados e as risadas espaventosas. Estavam jactando-se de suas façanhas violentas, como sempre. Aos poucos, porém, os gestos foram se atenuando. Ficaram mais suaves, leves, graciosos, até atingir uma delicadeza pouco condizente com a fama tenebrosa da dupla. Então, ao redor da praça, de todas as janelas de todos os imóveis, de todas as mesas de todos os bares, de todos os vidros de todos os carros, de todas as frinchas possíveis e imagináveis, olhos que a terra há de comer viram quando Buzina e Britadeira deram-se as mãos e depois trocaram um longo beijo. Na boca. De língua. Após o que se desencadeou um gestual amoroso que incluía mordidinhas na orelha, cabeça no ombro um do outro, rostos colados, bicotas no pescoço, segredinhos, gritinhos, risadinhas e cafunés generalizados.

Depois de uma boa hora de chamego, os dois se levantaram e saíram, de mãos dadas, parando a intervalos curtos para um beijo na boca. Dois ou três quarteirões depois, o romance rompeu-se repentinamente, e até mesmo da praça pôde-se ouvir Buzina e Britadeira berrando a 110 decibéis:

– O que é isso? Tá me estranhando?
– Me estranhando tá é tu, com o braço na minha cintura!
– E tu, que acabou de beijar o meu pescoço?
– O pescoço da tua mãe que eu beijei!

O embate entre os dois valentões galvanizou a vizinhança e reuniu uma multidão entusiasmada em volta dos contendores.

– Vai, Buzina! Unhada no rosto não vale!
– Força, Britadeira! Agarra os seios dela!
– Puxar cabelo é covardia!
– Olha, as duas estão chorando!

Buzina e Britadeira estavam chorando, realmente, de ódio e vergonha, que descarregavam com toda a fúria um no outro. Dessa vez, foram eles os pacientes de uma clínica ortopédica, onde permaneceram longo tempo e de onde saíram estropiados para sempre. Nunca mais apareceram no bairro.

O único espectador alheio a tudo que aconteceu à sua volta foi Geraldinho, o doidinho que passava os dias anotando placas de veículos que transitavam pela praça. Naquele dia, ele escreveu em seu bloco, com a rapidez de um taquígrafo, descobertas científicas que poderiam ombreá-lo a gigantes como Einstein e Newton. Geraldinho não só provou, de maneira clara e definitiva, a veracidade da teoria do Big Bang, a explosão que deu origem ao universo, como ainda foi além. Melhor dizendo, foi aquém: ele desvendou a chamada Singularidade, o momento anterior ao Big Bang, ou seja, aquilo que havia quando, supostamente, não havia nada. Nenhum ser vivo jamais esteve tão perto da face de Deus. Mas, no dia seguinte, ao pegar o bloco, Geraldinho ficou confuso e furioso ao ver essas anotações absurdas no lugar das suas queridas e costumeiras placas de veículos. E rasgou tudo.

A praça voltou à tranqüilidade de sempre. Não aconteceram mais as anomalias daquele dia estranho. E, com o passar do tempo, os fatos mais estranhos acabam sendo assimilados e não escandalizam mais. O único fato que escandalizou, e até hoje causa estranheza, é a paixão candente entre Carla e o Dr. Eulálio, que vão se casar assim que os papéis de divórcio dele estiverem assinados. Esse treco ninguém conseguiu assimilar ainda.

A FARMÁCIA DO SEU OLÍMPIO

Se aquela não fosse a única farmácia do bairro, e seu Olímpio um farmacêutico tão competente, a freguesia compraria seus remédios em outro lugar. Uns achavam que ele falava a todo volume porque estava meio surdo. Outros achavam que era caduquice. Mas todos concordavam que as inconveniências do velho eram um purgante duro de engolir. Até o pobre do Valtencir, empregado da farmácia havia mais de vinte anos, não se acostumava e ficava encabulado quando seu Olímpio gritava:

– Valtencir, um tubo de vaselina para o seu Eusébio aqui. Uai, seu Eusébio, vaselina? Deu coceira no rabo depois de velho?

Ou atendendo à mocinha, numa entonação que podia ser ouvida do outro lado da rua:

– O melhor remédio para gases que eu tenho é o Peidopan.

Enquanto Valtencir embalava o Peidopan e recebia na caixa-registradora o dinheiro da mocinha meio tonta de vergonha, seu Olímpio já estava atendendo ao Cacaso, o garanhão do bairro.

– Gonorréia outra vez, Cacaso? Uma hora esse pinto cai no chão, de podre. E você vai ter que jogar ele no lixo, junto com esse seu cérebro de minhoca que não serve para nada.

A mocinha dos gases passava, quase correndo, pelo seu primo Cacaso, fingindo que não tinha visto nem ouvido nada. E as indiscrições de seu Olímpio continuavam jorrando, caudalosas, a cada freguês que entrava:

— Já sei, Bilico. Segunda-feira, de manhã, com essa cara de quem vomitou as tripas, só pode ser a *mardita* manguaça. Valtencir! O Epocler de sempre para o que ainda sobrou do fígado do Bilico.

— Pomada contra hemorróidas, dona Alcina? A senhora tem é que tomar coragem, procurar um proctologista, entrar na faca e cortar essa rosa vermelha antes que ela lhe exploda o rabo.

— Remédio contra prisão de ventre, Isabel? Eu sabia. Ontem, quando eu passei e te vi na varanda da sua casa com aquele balde de jabuticabas, pensei logo: amanhã, temos. Vou te dar um remédio que é pá-pum. Se você tomar um comprimido agora, já sai da farmácia cagando e andando.

Mas era com a turma do Viagra que seu Olímpio sentia maior prazer em exercitar seu fino humor.

— Ó Valtencir! O Chico Silva quer uma caixinha do comprimido azul para levantar aquilo roxo.

— Uai, Breno Gaúcho! Viagra? O Brizola não dizia que Viagra pra gaúcho é overdose?

— Que cara de felicidade, dona Ercília! O Viagra anda fazendo efeito no seu marido, hein?

— Não adianta trocar de medicamento, Pascoal. Acho que você devia trocar é de mulher.

— Guarde seu dinheiro, seu Osório. Depois dos noventa anos, o pinto sobe só quando vai para o céu junto com o dono.

Diarréias também faziam a delícia do seu dia-a-dia.

— Isso é piriri pré-nupcial, Alaor. É raro um noivo que não tenha caganeira no dia do casamento.

— Eu sabia que aquele seu Festival de Culinária Baiana ia acabar em merda, dona Rosa.

— Dona Amélia, sua caganeira é das bravas ou um antidiarréico leve resolve?
— Valtencir! Um Enteroviofórmio para o cagão aqui!
— Este remédio acaba com a diarréia num instante. É o mesmo que enfiar uma rolha no rabo.
— Valtencir, atenda ao seu Ismael, antes que ele faça alguma sujeira na farmácia.
— Dona Hortência, tem fregueses esperando na sua frente. O seu problema de diarréia é urgente ou dá para segurar até chegar em casa?

Os fregueses se queixavam uns com os outros: como se não bastasse o mal-estar causado pela doença, ainda tinham que aturar o mal-estar causado por seu Olímpio. O único remédio era terem paciência.

E o velho abusava da paciência alheia:
— Valtencir, o antidepressivo da dona Ondina. Rápido, antes que ela cometa suicídio na minha farmácia.
— Shampoo, enxaguante, creme revitalizante, pente e escova? Esse tiquinho de cabelo que sobrou na sua careca não merece tanta despesa, Avelino.
— Remédio para largar o vício do cigarro eu tenho vários, mas é tudo bobagem. Já experimentou tomar vergonha na cara?
— Moderador de apetite na sua idade, sua bostinha? Fica querendo ser manequim na passarela e acaba virando esqueleto no cemitério.

Irritava-o ver jovens preocupadas em seguir o padrão de beleza anoréxico da moda. Uma vez, teve que aplicar injeção em uma típica aspirante a modelo, no esplendor de sua magreza. Logo ouviram sua voz tonitruante no fundo da farmácia:
— Valtencir! Você, que tem vista melhor, venha aqui me ajudar. Eu não consigo achar a bunda dessa menina.

Era irritante mesmo em momentos de generosidade. O maior caloteiro do bairro levou uma facada numa briga. Saiu do hospital com um curativo e uma receita que não poderia pagar no momento – e, com certeza, não pagaria, mesmo quando pudesse. Levou a receita para seu Olímpio, que lhe passou o remédio sem cobrar, mas não deixou passar de graça a chance de uma boa frase:

– Levou uma facada e agora vai me dar outra.

Conhecia seus hipocondríacos e tinha remédios infalíveis para todos: mezinhas inócuas, comprimidos e xaropes que ele mesmo preparava, geralmente à base de água, mel, farinha e corantes.

– Seu Olímpio. Essa queimação no meu estômago é úlcera, e pelo jeito ela não demora a supurar.

– Espirolidrato asteróide de glincomina. Uma colher três vezes ao dia, após as refeições.

Impressionado com a convicção do farmacêutico e o nome imponente do remédio, o hipocondríaco ficava curado e só voltava com uma doença diferente duas semanas depois:

– Seu Olímpio, agora é grave. Essa dor na próstata só pode ser câncer em estágio avançado.

– Minociclácito espiralado sensorial dá um jeito nisso. Enfie um comprimido no rabo de oito em oito horas, que por aí ele chega mais depressa ao centro do tumor.

Os hipocondríacos eram os únicos que não se constrangiam com os berros de seu Olímpio reverberando a doença deles por todo o quarteirão. Quanto mais pessoas conhecessem a imensidão de sua dor, melhor.

Mas os hipocondríacos eram o lado monótono da profissão. Bom mesmo era gritar para o Heraldo, que entrava na farmácia roxo de pancada e saía vermelho de vergonha depois de ouvir:

– Tombo de bicicleta, uma merda! Isso é mais uma surra que você tomou da sua mulher, seu bundão!

Ou para a mulher que, cochichando, pedia para ter uma conversa particular com ele nos fundos do estabelecimento e fugia correndo, com o vozeirão do velho ainda zoando nos tímpanos e, com certeza, ecoando pela vizinhança:

– Remédio para aborto, só se o filho fosse meu! Remédio para evitar filho é camisinha no bilau do homem e miolo na cabeça da mulher.

Ou carinhoso com a a garotinha para quem a mãe estava comprando vitaminas:

– Tome sua vitamina para crescer forte e bonita, senão você vai virar uma tábua sem bunda nem peito que nem a mamãe.

Sincero com um canceroso desenganado pelos médicos, mas otimista na cura milagrosa e na vida quase centenária que um pai-de-santo havia lhe prometido:

– Viver até os cem, nem se você fosse Lázaro e eu fosse Jesus. Se os médicos lhe deram menos de seis meses é menos de seis meses. Quem disser o contrário, ou é mentiroso como o seu pai-de-santo ou idiota como você.

O líder comunitário do bairro, que conseguira do seu candidato um emprego na Câmara dos Vereadores, veio queixar-se de coceira nos países baixos. Seu Olímpio explicou:

– Essa irritação no saco é doença de funcionário público, que fica coçando o local o dia inteiro. Vou receitar um polvilho antialérgico. Se a irritação não acabar, procure um médico ou um emprego na iniciativa privada.

Dava conselhos para o adolescente tímido que pedia uma pomada contra acne:

– Espinha na cara é normal na sua idade. Isso passa com o tempo. Usar pomada contra acne é bobagem. Parar de masturbar é superstição. Economize o dinheiro da pomada para comprar a Playboy com a Juliana Paes na capa. E continue batendo suas punhetas sem remorso, mesmo que o padre Jorge diga que é pecado.

Não respeitava nem o padre Jorge:

– Sua insônia, padre, é falta de mulher. A castidade é um verdadeiro pecado contra a natureza humana. Uma ou duas bimbadas antes de dormir dariam mais sono no senhor do que este vidro inteiro de Maracugina.

Seu Olímpio foi franco e direto até com o irmão, solteiro como ele, seu último parente vivo:

– Esse remédio que lhe receitaram tem morfina na fórmula. Quer dizer que o médico já desistiu da cura e está mais preocupado em diminuir a dor. Diga ao filho-da-puta que você não é uma mocinha, não tem medo de morrer e quer saber quanto tempo ainda tem de vida.

O enterro do irmão marcou o único dia em que seu Olímpio fechou a farmácia desde sua inauguração, há quase cinqüenta anos. A segunda vez seria um ano depois, com a morte do próprio seu Olímpio.

A farmácia ficou de herança para Valtencir e, diga-se, ficou em muito boas mãos. Os fregueses confiavam na competência de Valtencir. Gostavam de seu jeito discreto e educado, bem diferente do jeito espalhafatoso e barulhento de seu Olímpio. Embora não comentassem isso entre si em respeito ao morto, era um alívio saber que agora podiam entrar na farmácia sem medo de sofrer um vexame causado por alguma zombaria inconveniente berrada pelo velho e ouvida pela vizinhança inteira.

Mas, aos poucos, algo aconteceu com os fregueses da farmácia e com sua maneira de julgar o comportamento de seu Olímpio. O tempo atenuou os rompantes do falecido. Suas frases e remoques, que antes soavam tão desagradáveis, passaram a ser relembradas com menos indignação e mais simpatia. As próprias vítimas tornavam-se narradoras bem-humoradas dos casos daquele velho destemperado. O que antes lhes parecia vexatório agora parecia engraçado. Descobriram sabedoria em observações tidas como grosseiras quando foram ditas. E sensatez em sua loucura nada mansa, sempre loquaz, pontuada por uma risada áspera e assustadora que agora repercutia estranhamente amiga na memória de cada um.

Começavam a perceber o óbvio. Seu Olímpio era mais que um farmacêutico – era um artista da profissão. Como todo grande artista, ele, literalmente, brincava em serviço. Como todo grande artista, ele não aceitava que seu pequeno mundo fosse cercado de dores e aflições sem tentar melhorá-lo de alguma maneira, mesmo que fosse à sua maneira canhestra. Como todo grande artista, talvez ele conseguisse entender as pessoas que o cercavam melhor do que elas próprias. E, como tantos grandes artistas, ele só teve seu talento reconhecido depois da morte.

GENTE DE FAMÍLIA

Terezinha de Jesus de uma queda foi ao chão. Acudiram três cavalheiros e todos três deram-lhe um sermão. O primeiro foi seu pai, reclamando, cheio de indignação: "Foi em vão tempo e dinheiro que gastei em sua educação". O segundo, seu irmão, afirmou, com razão, que o motivo da queda fora a ingestão de várias doses de caipirinha de limão: "Minha irmã, você me saiu uma verdadeira decepção!" O terceiro foi aquele a quem Tereza deu a mão, mas soltou-a, de repente, deixando Tereza, num trambolhão, estatelar-se outra vez no chão, causando derrisão no pai e no irmão, além de sua plena aprovação quando jurou que já desistira de encontrar uma razão para continuar aquela relação com uma bêbada que não respeitava a sagrada instituição da família, causando, com seu vício, raiva e consternação: "Adeus, Terezinha, essa é a gota de álcool que faltava para a nossa separação."

***

O médico já avisou que é questão de horas. O padre já lhe ministrou os últimos sacramentos. Sentada numa cadeira à cabeceira do moribundo, a esposa reflete que, dali a alguns momentos, ele estará prestando contas de seus atos a Deus Todo-Poderoso. E, com um terço nas mãos, reza para que Deus se lembre de cada lágrima, cada humilhação, cada ofensa, cada injustiça, cada aflição, cada sofrimento que o marido causou a ela durante mais de cinqüenta anos de casamento. E o faça pagar em dobro.

***

O menino está com as duas mãos fechadas estendidas para a menina. Na mão direita, ele tem um bombom. Na esquerda, uma barata viva. A menina escolhe a mão esquerda. Ele joga a barata em cima dela. A barata cai no pescoço da menina e entra pela sua camisa. Ela grita de susto, ele grita de entusiasmo. Ela chora, ele ri. Ela pula de aflição, ele pula de alegria. Ela consegue desgrudar a barata do corpo e foge, ele agarra a barata e sai correndo atrás dela.

No dia seguinte, ela avisa a ele que está de mal para sempre, o que, com sete anos de idade, significa uma semana, no máximo. Vivendo e crescendo juntos na mesma vizinhança, eles tornam-se namorados, noivos, casam-se, têm três filhos e uma vida familiar feliz.

Então, uma noite, ela acorda com vontade de urinar. Na volta do banheiro, pisa em algo que, descobre com asco, é uma barata. Pisoteada e amassada, a barata está morta. A mulher vai ao banheiro pegar uma pazinha para jogar a barata no vaso e dar descarga, quando algo a detém. Algo remoto e difuso em sua mente. Ela olha para o marido. Ele dorme pesado, rosto virado para o teto, roncando com a boca aberta. Vencendo sua repugnância, ela segura a barata com dois dedos. Caminha pelo quarto em passos lentos e silenciosos. Leva com cuidado a barata até a cama e deposita o inseto mansamente dentro da boca do marido.

Ele não chega a acordar. Faz uns movimentos inconscientes com a boca, acaba de esmagar a barata nos dentes e a engole, sonhando, talvez, com batatas fritas. Depois volta a roncar.

Durante muito tempo, a mulher fica olhando para o marido. Quem visse sua expressão naquele momento decifraria o enigma do sorriso da Mona Lisa.

***

Por que não voltas, minha flor?/ E põe um fim à minha dor?/ Para mostrar que não sou o insensível que dizias/ Declaro minha solidão em forma de poesia/ O que era o lar de dois pombinhos se amando/ Hoje é um navio naufragando/ Com os olhos molhados de mágoa/ Vejo as plantas morrerem sem água/ Descobri, amada minha/ Que a casa não se arruma sozinha/ Aprendi, da maneira mais trágica/ Que a sujeira não some num passe de mágica/ Cercado de pó, gordura e bolor/ Reconheci finalmente o teu valor/ Hoje eu como carnes esturricadas/ E visto roupas mal passadas/ Os banheiros limpos que eram um primor/ Parecem filmes de terror/ Se dependesse do meu desejo/ Jamais entraria no quarto de despejo/ Até as pessoas mais desmazeladas e esquisitas/ Se assustam com a nossa sala de visitas/ Há um mau cheiro persistente no ar/ Que eu nunca consigo localizar/ As coisas desaparecem em momentos fatais/ E reaparecem quando eu não preciso mais/ Até os eletrodomésticos ficaram tétricos/ Já tentaram me matar com choques elétricos/ Dá vontade de tirar um lençol do armário/ Morrer e fazer dele o meu sudário/ Tu me acusavas de machista/ Marido grosseiro e egoísta/ Hoje, com toda a humildade/ Reconheço que era verdade/ Vejo teu rosto em cada canto dessa casa vazia/ Das teias-de-aranha no teto à louça empilhada na pia/ Mas mudei da água para o vinho/ Depois de três meses sozinho/ Compreendo o quanto me enganava/ Ao te tratar como escrava/ És mais que uma dona de casa prendada/ És minha esposa muito amada/ Volta, querida, tudo será diferente/ Contratarei faxineira para vir semanalmente/ Se ainda não achares o bastante/ Jantaremos mensalmente em um restaurante/ E, para completar, deixo à tua escolha/ A compra de uma geladeira novinha em folha/ Do teu servo, pronto a se ajoelhar/ A teus pés, rainha do meu lar.

***

O pai levou o filho caçula para passear nas matas de Angra dos Reis. O menino foi picado por uma aranha e abriu o bué. Não era uma aranha venenosa – o pai logo viu e tranqüilizou-se. Para fazer o berreiro parar, disse ao filho que, com a usina nuclear de Angra por perto, provavelmente ele tinha sido picado por uma aranha radioativa e, no dia seguinte, haveria de se transformar no Homem-Aranha. Ou, pelo menos, no Menino-Aranha. Não pegava bem um super-herói chorando daquele jeito.

O menino ficou maravilhado ao imaginar sua futura metamorfose e as surras que daria nos valentões da escola com seus superpoderes.

Já acordou hoje sentindo-se mais forte e fazendo planos para combater o crime. Ainda não dominou a técnica de lançar teias. Mas subiu numa cadeira, abriu uma janela do apartamento e está olhando para o prédio em frente ao seu. Ele tem certeza de que, se ficar de pé no parapeito da janela, tomar um bom impulso e lançar-se no espaço, conseguirá alcançar o outro prédio, grudar nele seus dedos de aracnídeo e subir, escalando a parede.

**

Cornélio chega do trabalho mais cedo. Assim que abre a porta, ouve murmúrios, risos, gritos e gemidos vindos da suíte do casal. A voz de sua mulher, Lucrécia... e outra voz masculina que ele já ouviu antes, mas não se lembra de onde. Furioso, Cornélio esmurra a porta do quarto:

– Lucrécia! Abre, senão eu arrombo!

Silêncio súbito. Passos na ponta dos pés. E, então, a voz de Lucrécia:

– Um momentinho só, querido. Já estou indo.

Lucrécia abre a porta, o corpo bonito mal coberto por uma camisola transparente. Cornélio entra, transtornado.

– Cadê ele? Cadê ele?

— Ele quem, meu amor? Eu estou sozinha.

Cornélio procura no banheiro. Debaixo da cama. Atrás da cortina. Depois — é claro — abre o armário de guarda-roupas. E, de dentro dele, sai sorrindo, encabulado, o Chico Anysio.

— Sinto muito, Cornélio — desculpa-se Chico Anysio —, não é nada pessoal.

Cornélio olha, abobalhado, para os dois amantes. Depois senta-se na beirada da cama, cobre o rosto com as mãos e desata a chorar, repetindo, entre soluços:

— Minha vida é uma piada... uma piada...

— E velha, por sinal —, observa Chico Anysio.

OS FILHOS DE DONA FULUSTRECA

O bairro era aquele em que você moraria se estivesse entre as pessoas mais ricas de Belo Horizonte. As casas e os carros estadeavam a posição social de seus proprietários. Então, na manhã de uma segunda-feira, no momento em que os moradores despertavam, teve início o mais previsível e o mais inesperado dos pesadelos.

Eles saíram das favelas, das enxovias, de baixo das marquises, da zona, do lumpesinato, do inferno, com sua miséria, sua feiúra, seu desespero e seu abandono secular. Um enxurro de gente rota e famélica afluiu até a praça principal, em volta da qual haviam sido erguidas as primeiras e suntuosas residências do bairro. O que assustava ainda mais era a quase mudez com que a horda de homens e mulheres, todos adultos, avançava. Sem gritos, sem palavras de ordem, sem garrulice, mas com a segurança e a determinação de quem já planejara aquele movimento vezes sem conta.

Das janelas de suas casas, os moradores, estes sim descontrolados, gritavam entre si, corriam todos ao mesmo tempo ao telefone, chamando a polícia, os bombeiros, o Exército, as autoridades políticas e eclesiásticas. Tinham pressa, exigiam providências imediatas, queriam saber como e quando estariam a salvo daquele horror. E a horda, já chegando aos seus umbrais, parecia responder-lhes: "Nunca mais."

O olfato de gente acostumada a odores delicados revoltava-se contra a morrinha que emanava daquelas roupas e o cheiro que exsudava daqueles corpos que agora já tomavam toda a praça e as ruas adjacentes até onde a vista abarcava. A bela e imensa casa do Dr. Sales, eminente cirurgião plástico, foi a primeira a ser invadida – as grades de ferro caindo diante do povaréu que formava um monólito de força concentrada, avançando como um só corpo, que mostrava aos olhos incrédulos toda a extensão de seu poder devastador. Os cães da família fugiram. Eram cães adestrados, mas quedaram-se, atoleimados a princípio, apavorados, por fim, diante do que viam.

Mandando a mulher, as duas filhas e as três empregadas para o andar de cima, o Dr. Sales, anfitrião infeliz da primeira leva vitoriosa de invasores, tentava assumir uma atitude de dignidade afrontada:

– Eu quero saber quem são os senhores e por que invadiram minha casa. Quero saber o nome de todos, para informar à polícia, que já está a caminho.

De fato. Lá fora, ouvia-se o som de sirenes, mas os visitantes indesejados mantinham-se imperturbáveis, como se não tivessem nada a temer, e a anomia desencadeada por eles fosse coisa de pouca monta. Seus rostos duros observavam e avaliavam o Dr. Sales, cuja firmeza já começava a vacilar:

– Eu peço aos senhores que façam a delicadeza de se retirar da minha casa.

Eu peço! Façam a delicadeza! Aquilo não exigia maiores deliberações. O enxurro espalhou-se pela casa, com a única preocupação de decidir quem ficaria onde. Faziam planos sobre como seriam distribuídas as crianças, quando fossem buscá-las. Concluíram que aquela casa acomodaria vinte pessoas. Duas ou três famílias, dependendo do número de filhos e outros parentes. Estavam acostumados a se amontoar em pouco espaço. Vinte pessoas ali, mais a família do proprietário, tudo bem, uma casa tão espaçosa abrigaria a todos, confortavelmente.

As mulheres da família, aterradas diante do inenarrável, grudadas à parede, viam a escória, a cloaca humana, macular os tapetes com seus pés imundos, macular os móveis com seus andrajos, macular o próprio ar com seus miasmas. E ouviam. Ouviam, mas não queriam entender o que as empregadas ouviram e entenderam perfeitamente – a casa ganharia vinte inquilinos, que não pagariam aluguel e viveriam, provavelmente, a expensas do Dr. Sales. Este, arriado numa poltrona, vencido pela desgraça, desistira de qualquer resistência.

A chegada da polícia não deteve a voragem das invasões. Pelo contrário, os carros é que foram detidos pela barreira humana. De nada servia aos policiais o aviso das buzinas, a ameaça de atropelamentos, o cantar dos cassetetes, os tiros para o alto. Não passariam. Estavam diante de pessoas que, tendo perdido emprego, dignidade e esperança na vida, descobriram, finalmente, que tinham perdido também o medo da morte. Postavam-se, impérvios, em frente à autoridade militar, sem ceder um palmo de asfalto aos veículos e aos soldados que, cinco minutos depois da chegada, já pediam reforços. As informações que receberam dos moradores pelo telefone não eram exageradas – vista de fora das residências, a situação era mais grave do que os próprios moradores podiam imaginar.

A malta ia tomando casas e edifícios inteiros, diante de porteiros e seguranças interditos pela surpresa e pela inferioridade numérica em que se achavam. Valentes que tentavam uma reação, ainda que débil, eram engolfados pelo vagalhão e só saíam indenes porque aquele povo estava mais interessado em tomar residências do que em tirar vidas. E tomavam-nas, uma a uma, diante de seus donos paralisados de horror.

Aqui e ali, um gesto extremo de revolta solitária e inútil diante da invasão. Da varanda do piso superior de sua casa, um empreiteiro aposentado descarregava seu revólver aleatoriamente no povo. Não precisava mirar, porque não tinha como errar. Homens e mulheres formavam uma massa compacta, inconsútil, que não parava seu avanço em meio às balas que zimbravam, cada uma delas derrubando um deles. Por fim, acabaram-se as balas e a vida do empreiteiro, espancado pela patuléia e enforcado com a própria ceroula na grade da varanda.

Junto com novas levas de policiais, chegou a imprensa. A barreira humana agora se movia. À medida que casas e edifícios iam sendo ocupados de maneira fulminante pela linha de frente, a retaguarda podia avançar em demanda a novas invasões, e atrás dela iam policiais militares, civis, repórteres, fotógrafos e cinegrafistas. Helicópteros da polícia e imprensa revoluteavam, voavam baixo, tentavam um ângulo em que pudessem atinar com o que estava acontecendo. Só aquela escória poderia contar, mas nem um único dava a menor explicação. A polícia só atinava para um fato óbvio: aquilo teria que parar imediatamente. Era preciso deter a sanha do povaréu, fosse como fosse. Um comandante militar recém-chegado ao local quis saber o nome do líder a quem deveriam levar um ultimato e só então descobriram um fato desconcertante: o movimento não tinha líder. Este era o único ponto sobre o qual os subversivos não faziam segredo. Os milicos queriam o nome do culpado para mostrar ao público? Pois bem, eles não tinham nome para oferecer.

Bombas de gás lacrimogêneo foram atiradas. A multidão refluía, desorganizava-se, fugia, negaceava – e voltava. Balas de borracha foram detonadas. A multidão desviava-se, caía, praguejava, levantava – e voltava. Continha o avanço policial usando como escudo o próprio corpo, aquele arcabouço desnutrido, dando tempo aos outros para que continuassem a invasão. Os cinegrafistas, alvoroçados, corriam em círculos, querendo enfocar todas as cenas do drama assustador e inexplicável.

A multidão ia diminuindo, mas isso significava antes uma vitória que uma derrota. Afinal, menos vagabundos nas ruas significava mais vagabundos ocupando as casas. Por fim, o número de invasores chegou ao ponto de ser dispersado com violência pela soldadesca. Dezenas foram presos, mas nenhum seria de utilidade para investigações. Não sabiam nada. Não seguiam ordens de ninguém. Viram a multidão passando e foram atrás, disseram, descaradamente. Alguns tinham ficha policial, nenhum por delito grave. Quase todos eram desempregados, vivendo de biscates. Contra uns poucos havia ordem de prisão, geralmente por roubo. Estes ficaram, os outros foram liberados.

Mas o problema continuava, e os policiais nem sabiam quem ou o que causara tamanho caos. Dois homens mortos – um de ataque cardíaco, outro enforcado. Do lado dos marginais, quatro mortos à bala pelo empreiteiro e dezenas de feridos. O número de residências invadidas ainda estava sendo contabilizado, mas falava-se em centenas. Os invasores não usavam os moradores como reféns – estes tinham liberdade para entrar e sair quando quisessem. Assim, muitos deles, vítimas de crises nervosas, puderam ser atendidos em hospitais.

– Agora precisamos dar um jeito de desocupar as casas e punir os responsáveis, principalmente os responsáveis pelo enforcamento do empreiteiro, o Dr. Leonardo – disse o comandante militar da operação em entrevista coletiva à imprensa. – Mas acho que o pior já passou – concluiu.

O pior nem havia começado.

O pior começaria depois que a imprensa desse conhecimento ao país das invasões ocorridas em um dos bairros mais tradicionais de Belo Horizonte. As reportagens, quase sempre, referiam-se aos invasores como arruaceiros, marginais e criminosos. Os dois moradores mortos durante a ocupação receberam solidariedade e obituários laudatórios, principalmente o empreiteiro Leonardo Mendes Gutierrez, que defendera à bala a integridade de seu lar e de sua família, matando quatro marginais e ferindo outros quatro, antes de ser covardemente enforcado. Os obituários esqueceram de citar que o empreiteiro era conhecido, nos meios empresariais, como *Leonardo dá Vinte*, uma referência à taxa de vinte por cento que sua construtora costumava pagar de suborno para vencer concorrências de obras governamentais.

A ação militar também foi elogiada, mas os militares não puderam responder a uma pergunta capital: quem era o cérebro por trás do movimento? Quem era o planejador, o corifeu, o aríete que a impulsionava? O carbonário prestes a se tornar uma celebridade nacional? O drama estava incompleto sem o seu protagonista. Todo Rubicão precisa de um Júlio César, toda Sierra Maestra precisa de um Che Guevara, toda Canudos precisa de um Pajeú. Não havia. Somente rostos anônimos, milhares de rostos anônimos, unidos pela mesmice da feiúra.

Na manhã seguinte, quando as autoridades esboçavam planos para desenquistar as casas ocupadas, foram surpreendidas pela notícia de mais invasões. Os cistos infeccionados da cidade esvurmavam outra vez, atingindo dois outros bairros luxuosos. Não havia grades, muros, cercas elétricas, portarias eletrônicas ou seguranças armados capazes de detê-los. Das janelas, os moradores acompanhavam, espectadores infelizes e impotentes, à chegada da multidão a se perder de vista, coleante, estornicada pelas ruas estreitas. Os excluídos se imiscuíam em sua vida confortável, rompiam suas defesas, entravam em seus edifícios e ocupavam seus apartamentos. Seguiam um trajeto de ascensão fulminante: da enxovia em que moravam até os apartamentos de cobertura dos prédios mais luxuosos da cidade. Da base da pirâmide social até o seu zigurate. O pesadelo do dia anterior se repetia, quase sem variantes. Outra vez a polícia, outra vez a imprensa, outra vez reações esparsas de moradores, outra vez vitoriosos os insurrectos. "Prédios ocupados por bandos de desocupados", era a manchete de um jornal mineiro no dia seguinte, manchete que rendeu ao seu autor elogios efusivos do editor-chefe, por traduzir, "com muita criatividade", os sentimentos da "população honesta" da cidade.

O comandante das operações militares comunicou, em entrevista coletiva à imprensa:

– Prendemos muita gente, mas só mendigos, desempregados e vagabundos. Os verdadeiros criminosos estão dentro dos lares invadidos. Quando esses elementos forem encarcerados, colocaremos um ponto final no drama que nossos cidadãos de bem estão vivendo.

Mas o drama estava longe do ponto final. Na verdade, estava em seu prelúdio. O que era uma endemia belo-horizontina tornou-se uma epidemia nacional. Brasileiros humílimos que até então acompanhavam o movimento sedicioso pela imprensa quiseram fazer-se protagonistas, levados por um impulso obscuro. Um impulso que não era a busca de holofotes, mas um sentimento recôndito, aprisionado a vida inteira nas profundezas do inconsciente, e que se libertava, afinal. O monstro emergia do fundo da lagoa e mostrava sua cara aterradora.

Em nenhuma outra cidade, o movimento foi tão comentado e documentado como no Rio de Janeiro. A imagem da choldra alvoroçada jorrando dos morros feito um aluvião e tisnando a paisagem maravilhosa com sua miséria correu mundo. Em Minas, a multidão invasora formara uma procissão silenciosa e maquiavélica. Os cariocas, vizinhos dos mineiros na geografia, mas antípodas na personalidade, fizeram de sua invasão um ato quase burlesco, com assovios estridentes, cachinadas, versos obscenos e até tamborins – mas a determinação era a mesma, e os resultados também o foram. Madames cosidas à parede, trêmulas de horror. Crianças gritando, assustadas. Empregadas divididas entre o medo pela baderna e a alegria pelo medo dos patrões. Chefes de família assumindo uma postura de fúria ultrajada contida a custo, e sentindo uma vontade de fazer cocô que mal conseguiam conter. E as hordas de bárbaros invadindo a civilização.

Jornalistas cariocas, com seu faro para o picaresco, cercavam os prédios mais badalados da cidade, já tomados pelo leviatã. Aguardavam o espetáculo das celebridades que dali fugiriam. Não se decepcionaram, principalmente com a bela e morena *socialite* que saiu em lágrimas.

– Ai, que loucura! – balbuciava ela, com os olhos borrados de rímel preto, que escorria pelo rosto mimoso. – Eles estão tomando cachaça nos meus copos de cristal Strauss! – Sua queixa era ridícula, mas sua dor era real. Mostrada em horário nobre nos noticiários da televisão, ela causou indignação na classe alta, risos na classe baixa e dividiu opiniões na classe média.

A loura apresentadora de programas infantis foi filmada em estúdio, de roupa e maquiagem sóbrias, com aquele rosto e aquela voz que metade da população brasileira cresceu conhecendo e amando. Mas agora a expressão brejeira estava severa, e a voz carinhosa estava glacial:

– Hoje, pela primeira vez na vida, eu tive vergonha de ser brasileira. *(Pausa dramática.)* Eu vi o povo do meu país espancar meus seguranças – dois deles estão em estado grave – e invadir a minha casa. *(O tom glacial torna-se indignado.)* Como se fosse eu a culpada pela situação de pobreza do povo brasileiro. Eu, que dou emprego a tanta gente. *(Voz começa a ficar trêmula.)* Vocês não sabem, mas eu já doei e continuo doando milhões de reais para os necessitados. Dinheiro suficiente para construir milhares de casas populares. Ninguém nunca me ouviu falando sobre essas doações, porque eu acho que caridade se faz em silêncio. Mas agora, que minha casa e minha privacidade foram invadidas, eu não posso me calar. *(Take das mãos pousadas sobre o regaço, os dedos entrelaçados movendo-se ininterruptamente, denotando nervosismo.)* Agora, que minha filha... *(Voz começa a ficar engasgada de emoção.)* Minha filhinha me perguntou: "Mamãe, o que é que tá acontecendo?", e eu não sabia o que responder... Agora, eu também só posso perguntar às mais de cinqüenta pessoas que ocuparam a minha casa: "O que é que está acontecendo? O que nós fizemos de mau para vocês?" *(Duas lágrimas despontam. Câmera começa a fechar em zoom, enquadrando o rosto adorável.)* Eu peço, imploro se for preciso: respeitem a minha dor e abandonem a minha casa. Se não por mim, pelo menos pela minha filha, uma garotinha inocente que não merece os momentos de terror que está vivendo. *(Close nos olhos azuis da apresentadora, de onde agora descem lágrimas copiosas.)*

Momentos antes, no camarim, sendo maquiada para prestar esse depoimento emocionado, a apresentadora, ainda revoltada com a invasão, dera um tapa furioso na esponja de pó-de-arroz da maquiadora e permitira-se um instante de desabafo:

– Aqueles filhos-da-puta horrorosos traumatizaram a minha filha. Eu sempre protegi a menina dessa tralha ordinária. Agora a coitadinha vai precisar de terapia! – E, sem conseguir conter o choro: – Minha filha nem sabia que existiam pessoas sem dentes.

Os militares avisaram à governadora carioca que só usando de violência extrema conseguiriam conter a insurreição. Cassetetes, gás lacrimogêneo, balas de borracha e a presença maciça das tropas nas ruas mostraram-se inúteis. A governadora previa um banho de sangue e não queria carregar aquilo na consciência, ainda mais num ano eleitoral. Armara-se um impasse no Rio de Janeiro, em tudo semelhante ao de outros Estados, que as invasões grassavam agora pelas principais metrópoles brasileiras, incluindo Brasília.

Em Belo Horizonte, o governo estadual prometia "medidas drásticas", mas fazia uma última tentativa de resolver o problema pacificamente. Uma oficial de Justiça, ladeada por dois advogados, atravessou o enorme e esplêndido jardim da primeira casa a ser invadida, o que mostrava o caráter mais simbólico do que prático do gesto – o governo queria mostrar que não agia ao arrepio da lei e usava seu arsenal de medidas legais antes de usar as tais "medidas drásticas". A oficial não permitira a presença na casa de policiais, que ficaram posicionados na praça, e atrás deles os profissionais da imprensa. Viram os três representantes da Justiça entrarem na casa do eminente cirurgião plástico, Dr. Sales, mas não viram quem os recepcionou. Eles entraram, com uma ordem de despejo a ser entregue aos invasores e, por cerca de quinze nervosos minutos, nada aconteceu. Por fim, a porta se abriu e viram sair a oficial de Justiça – com uma touca de plástico na cabeça, um avental, uma lata de cera na mão esquerda e um esfregão na direita. Ela se ajoelhou e começou a espalhar cera no piso vermelho do alpendre.

Os tarimbados policiais e jornalistas estavam preparados para qualquer cena, inclusive sanguinolenta, mas não estavam preparados para uma cena de deboche escancarado e brutal. Era baixaria demais, até mesmo para aqueles favelados, aqueles molambentos, aquela escumalha! Não lhes bastava levar pessoas honestas ao desespero, era preciso levá-las ao ridículo. Todos se sentiam ultrajados, não só pela afronta à pobre senhora, como também pelo desinteresse absoluto demonstrado pela lei, pela polícia, pelo governador e – que diabo! – pelo que a imprensa mostraria ao país inteiro. Ao invés de aproveitar a oportunidade para conquistar algumas migalhas de simpatia dos brasileiros, alguns centímetros de consideração da mídia, faziam o contrário: desciam a calça e mostravam o traseiro nu para fotógrafos e cinegrafistas. Cagavam e andavam para a opinião pública, pronto, aí estava a verdade, com todas as letras! Dava para acreditar? Quatro dias de exprobações em todos os noticiários de rádio e TV, de editoriais iracundos em jornais e revistas, e ali estava o resultado – dois advogados feitos reféns e uma oficial de Justiça feita de faxineira, encerando furiosamente o alpendre, interrompendo o trabalho apenas para enxugar as lágrimas.

Quando foram, afinal, liberados, os três encarregados da ingrata missão ainda tiveram que passar pela provação de uma entrevista coletiva. O que os ocupantes tinham feito com a ordem de despejo? Rasgaram. Só havia adultos na casa? Não, tinham chegado os filhos pequenos; os invasores estavam distribuídos agora por família nas casas invadidas: pais, mães, filhos, avós, tias solteiras, etc. Quantas famílias invasoras moravam agora na casa do Dr. Sales? Duas famílias, quase vinte pessoas. O que eles disseram antes de soltar a senhora?

Que o meu serviço lá estava terminado e... e ... eles mesmos passariam a enceradeira no alpendre.

O governo mineiro pensou melhor e resolveu transferir a responsabilidade para o presidente da República, já que outros Estados também tinham sofrido invasões em massa. Era um problema de segurança nacional. Brasília que tomasse as "medidas drásticas" cabíveis.

Mas, uma semana depois da primeira invasão, Brasília não tinha a menor idéia do que fazer. No início, os radicais de esquerda aplaudiram com entusiasmo a revolta popular, mas o entusiasmo esfumou-se quando suas próprias residências também foram invadidas. E eles concluíram, amofinados, que o governo devia encontrar uma alternativa para devolver as moradias a seus legítimos proprietários, "porém, sem deixar de atender às justas reivindicações do povo por uma casa própria e uma vida com dignidade".

O Congresso fervilhava de acusações, à esquerda e à direita:

— Esta situação inacreditável é resultado de um problema nacional que eu sempre denunciei em Plenário: a falta de uma política séria de planejamento familiar. Enquanto, na classe A, a média de filhos é de 1,1 por casal, nas classes mais pobres é de 5,3. A dona Fulustreca, lá na favela, com marido desempregado e sem ter como alimentar nem a si mesma, vem parindo filhos descontroladamente, de geração a geração. Quem invadiu nossos lares e abalou os alicerces da ordem pública, quiçá de maneira definitiva, foram os filhos de dona Fulustreca. São eles os protagonistas do drama que estamos vivendo.

— Vossa Excelência me concede um aparte?

Pois não. Com a palavra o nobre deputado.

— Eu gostaria que Vossa Excelência levasse em conta a injustiça social do nosso país, este sim, um drama que se agrava de geração a geração. Levasse em conta o desespero de gente honesta, sem emprego nem perspectiva, convivendo lado a lado com o luxo e o exibicionismo de uns poucos privilegiados. Levasse em conta que oito em cada dez trabalhadores brasileiros empregados ganham menos de três salários mínimos. Levasse em conta que a paciência dos excluídos, por maior que seja, um dia teria mesmo que chegar ao fim.

— Eu levaria tudo isso em conta, se Vossa Excelência levasse para a sua casa os doze miseráveis que invadiram a minha.

— Vossa Excelência, como todo político de direita, é um reacionário mal-intencionado!

— Vossa Excelência, como todo político de esquerda, é um idiota bem-intencionado!

Enquanto isso, chegava ao Palácio do Planalto o profissional que o presidente sempre convocava nas grandes emergências nacionais, quando o clamor da opinião pública o colocava contra a parede: seu assessor de marketing. Ficou estabelecido que o governo federal lançaria, através de uma campanha publicitária, o Programa Lar Brasil, que convocaria os invasores para abandonarem as residências ocupadas e se cadastrarem para ter sua casa própria. O programa seria financiado pela Caixa Econômica Federal, além do FMI e do Banco Mundial, que, a propósito, já tinham mesmo demonstrado interesse em ajudar (mansões de diretores de multinacionais americanas e do próprio embaixador dos Estados Unidos haviam sido invadidas pelo *damned brazilian people*). Em duas horas de reunião, o profissional de marketing apresentou ao maravilhado presidente da República a solução para o problema, o nome do programa e até mesmo seu slogan: "Deixe a alegria da casa própria invadir você."

Paralelamente, a grande rede de televisão colocou no ar deuses e deusas das passarelas e das telenovelas, com apelos para que desocupassem as casas, que um novo Brasil, melhor e mais justo, nasceria brevemente para todos. Mas a deusa em quem os invasores acreditavam naquele momento era Nêmesis, a deusa grega da vingança e da justiça distributiva.

O esforço global da televisão, governo federal, órgãos financeiros americanos e brasileiros, tudo isso deu em nada. O tempo passava, e os ocupantes não arredavam pé do território conquistado nos metros quadrados mais caros e luxuosos do País. O número de invasores cadastrados no Programa Lar Brasil foi tão insignificante que a iniciativa foi cancelada. Aliás, a invasão já se prolongava por tão longo tempo que a palavra invasor foi se tornando desgastada na imprensa e, aos poucos, acabou sendo substituída por outra, mais elegante. Ressurgiu, assim, o nome de um personagem comum até o início do século XX: o agregado. Aquele que não é da família, mas convive com ela como se fosse parente, prestando serviços em troca de teto e comida.

A situação chegara a um ponto de não-retorno. As invasões tinham sido tantas durante os meses que se seguiram que os invasores agora eram, literalmente, incontáveis. Era impossível desenquistá-los. Praticamente todos os imóveis de classe alta e a maioria dos imóveis de classe média alta estavam invadidos. Quem pôde mudou-se definitivamente para o exterior, mas foram poucos. Quase todos tinham no Brasil interesses financeiros, profissionais e sentimentais: negócios, amigos, parentes e amores que não podiam nem queriam abandonar.

Acreditavam os mais otimistas que, depois do terremoto, as camadas tectônicas iriam se acomodando lentamente. Já que não podia expelir o tumor que o invadira, o organismo social teria que absorvê-lo um dia, por mais que demorasse e por mais forte que fosse a rejeição. No momento, porém, o tumor ainda latejava. A incúria das autoridades era imperdoável. A convivência forçada com aquela caqueirada humana era opressiva. O insulamento dentro da própria casa era desolador.

Nos primeiros meses após a invasão, o Dr. Sales não trabalhou nem saiu de casa. Seus pacientes, com as próprias casas também ocupadas, adiaram indefinidamente as cirurgias plásticas. O Dr. Sales passava os dias na biblioteca, afundado em sua poltrona preferida, com a aparência estiolada e o olhar lasso de quem desistiu de entender. Voltado para dentro de si mesmo, ignorou algumas transformações interessantes que ocorriam em seu bairro.

Os traficantes de drogas que rondavam as escolas locais, vendendo seus produtos aos alunos, nunca mais foram encontrados perto dali. Foram encontrados longe dali, em lugares ermos, mortos com balas na nuca ou na cabeça. A polícia dizia que era briga de quadrilhas, os agregados concordavam que só podia ser.

Mas a polícia não podia atribuir a uma súbita onda de suicídio coletivo a morte de assaltantes que, volta e meia, apareciam enforcados nos floridos ipês do bairro. Enquanto desengastalhavam o assaltante da forca, os policiais corriam os olhos pela multidão que acompanhava a cena e pensavam que ali, entre aqueles rostos inescrutáveis, estavam os agregados que nunca seriam presos pelo assassinato. Impossível apontar um único culpado. Eram todos, e não era ninguém. De qualquer modo, com o tempo, os assaltantes entenderam que estavam trabalhando em local insalubre, e os ipês do bairro voltaram a ser ornamentados apenas por suas lindas flores roxas.

Até mesmo os pequenos delitos foram desencorajados. Começou por uma dupla de pichadores que foi vista pelos amigos entrando no bairro à noite com um tubo de spray azul. A dupla foi vista pelos mesmos amigos saindo do bairro, ambos inteiramente nus, ambos inteiramente azuis. Cenas semelhantes aconteceram com outros pichadores, variando apenas a cor da tinta que cobria o corpo nu, pintado da cabeça aos pés. As pichações terminaram.

O problema para os grandes e pequenos marginais é que os bairros que valiam a pena assaltar e eram mais aprazíveis de pichar estavam protegidos pelos agregados. Assaltantes e vítimas de assaltos, pichadores e vítimas de pichações estavam igualmente acuados pela ralé dos invasores, a quem todos eles tinham motivos para odiar, inclusive o Dr. Sales.

Saindo lentamente de seu torpor alienado, o Dr. Sales, sua mulher e as duas filhas voltaram, ainda que a contragosto, ao mundo real, rodeados por duas famílias que somavam dezoito pessoas. Foram tratados respeitosamente e passaram a ser obedecidos, com presteza mas sem servilismo, pelos agregados. Na verdade, raramente precisavam pedir algo. Os agregados mantinham toda a casa, todas as roupas, todos os móveis numa limpeza quase maníaca. A comida nunca estivera tão deliciosa. As flores e as árvores nunca estiveram tão bonitas e viçosas. A piscina, permanentemente limpa. Não havia máquina ou eletrodoméstico que quebrasse e não fosse consertado por mãos espantosamente engenhosas. Era como se ali, entre aquela gente rústica, houvesse habilidades insuspeitadas, só querendo que alguém reparasse e acreditasse nelas.

O Dr. Sales, homem de boa índole, passou a olhar com mais benevolência e menos preconceito aqueles desprezados pela sorte. Acostumou-se à sua conversa estropiada e antifigúrica, mas honesta em seus propósitos, inflexível diante do que consideravam injustiças, cruel para ouvidos excessivamente civilizados, porém confiável em seu todo. O Dr. Sales confiou. Empregou alguns dos agregados em sua famosa clínica, em serviços que não exigiam qualificação. Empregou outros em sua casa, em tarefas que, afinal, já estavam exercendo gratuitamente: cozinheira, arrumadeira, copeiro.

As crianças, que antes o irritavam com suas tropelias e sua alacridade, causavam-lhe, agora, um sentimento que, se não era de ternura, ao menos era de discreta simpatia. Elas o olhavam com um carinho respeitoso, mas sem intimidades – certamente seguindo ordens dos pais. Ele passou a presenteá-las com brinquedos, com a condição de que fossem de uso comum: bolas de futebol, bonecas, jogos, petecas, velocípedes e – gritos de deslumbre total, que o comoveram – skates. Como um avô severo, ele também se interessava pelos seus estudos e cobrava boas notas de todos. Observou, com satisfação, que a mulher e as filhas agiam de maneira semelhante à sua. As filhas eram especialmente dedicadas às crianças e divertiam-se imensamente em sua companhia. Mas o Dr. Sales e sua família eram pessoas de bom coração, e seria demais concluirmos que outras famílias tiveram convivência agradável ou, no mínimo, tolerante com seus agregados. Na verdade, a partir deste ponto, fica impossível continuar a história. Seu desfecho é nebuloso, e tudo seria suposição, em vez de realidade.

Porque esta história só não é baseada em fatos reais por um motivo: eles ainda não aconteceram. Mas acontecerão. Talvez nem eu, nem você, estejamos mais aqui para testemunhar a invasão. Mas, se um dia você estiver em casa e ouvir o som tumultuoso de milhares de passos avançando e o cheiro de miséria no ar, vá até a janela e confirme: o monstro emergiu do fundo da lagoa e mostrou, afinal, sua cara aterradora.

Uma nota festiva para encerrar. Dona Fulustreca está grávida novamente, e o médico avisou que, desta vez, são gêmeos. O marido de dona Fulustreca, desempregado, mas sempre otimista, concluiu que "quem criou seis filhos cria oito." Sua filha mais velha, de quinze anos, também está grávida e vai morar na casa dos sogros, porque o pai da criança não pode alugar e mobiliar um barraco com seu salário de motoboy. Dona Fulustreca está feliz com a chegada do primeiro neto e orgulhosa em saber que será avó com apenas 34 anos.

N. do E: "Os filhos de dona Fulustreca" obteve o 3º lugar entre os 701 contos inscritos no Prêmio Paulo Leminski 2004, concedido pela Universidade do Oeste do Paraná – UNIOESTE.

INFORMÁTICA PARA IMBECIS

A informática, assim como alimentos calóricos e cafeína, deve ser encarada com reservas por adultos com mais de 30 anos, evitada pelos que passaram dos 40 e considerada proibitiva para maiores de 50. É por isso que as marcas de computadores sempre usam estudantes ou profissionais jovens em seus anúncios. Mostrar pessoas de cabelos brancos ou grisalhos digitando, com alegria e habilidade, um modelo de computador de última geração é propaganda enganosa, punível pelo Procon e pelo Conar.

Os produtos da informática inverteram o aforismo publicitário segundo o qual o equipamento é "tão simples que até uma criança consegue manuseá-lo sem dificuldade". O conceito correto agora é: "Tão simples que até um adulto de 50 anos consegue manuseá-lo sem ter uma crise de nervos". O que, ainda assim, quase nunca é verdade.

Se você se sente permanentemente intimidado e imbecilizado diante da imponência e da arrogância de um MacIntosh, o único caminho é lembrar que "não há caminhos, caminhante; os caminhos se fazem ao caminhar". E seguir em frente, mesmo sabendo que nunca vai chegar lá.

Do you not understand english? Fuck you!

"*I am a computer. You are a idiot.*" É isso que, subjacentemente, vem implícito naquele simpático e enganador "*Welcome *to Mac*", que saúda você na tela quando o equipamento é ligado. Não só a saudação, mas também tudo o que vem adiante partem do princípio de que você entende perfeitamente inglês, inclusive inglês técnico. Se não sabe, aprenda – Mac não tem culpa da sua ignorância.

Em pânico, você tentará lembrar-se do seu tempo de estudante, você, que sempre foi bom aluno de inglês, *bullshit, damned, motherfucker!* Você examina as teclas. *Scroll lock. Page down. Caps lock. Print screen.* Não. Por hoje chega. Fim da lição 1. Desligue o computador.

Lição 2: amanhã, quando você ligá-lo, ele dirá que foi desligado incorretamente da última vez e precisa checar para saber a extensão dos danos que a sua inépcia possa ter causado aos arquivos. Sim, ele quer que, além de incompetente, você se sinta culpado. E mais: quer você num estado de permanente incerteza de, após o uso, ter cometido outra de suas trapalhadas na hora de desligar, e amanhã, mais uma vez, ele é que terá de pagar pelos seus pecados.

Configure-se

Embora vocês dois se odeiem, você e seu computador precisam ter algumas características pessoais, detalhes em comum que os unam, ainda que a contragosto. Ou seja, seu computador precisa ser personalizado e configurado. Mas nem pense em fazer a configuração sozinho. Coisas inacreditáveis e aterradoras já aconteceram com pessoas de mais de 40 anos que tentaram isso sem auxílio, inclusive casos de combustão espontânea e mudança repentina de sexo. O correto é chamar um técnico especializado ou um garoto de 12 anos.

Enquanto configura seu computador, o técnico, invariavelmente, falará sobre megas e *gigabytes*, conexões e *logins* – um papo que é melhor esquecer, porque foge à compreensão de qualquer pessoa sensata. Atenha-se ao básico. Das centenas de ferramentas de um computador, só existe, na prática, uma dúzia. O resto é para impressionar. Eles pensam que nós somos crianças.

Armadilhas

Cuidado. Com o tempo, você perceberá que o computador usa um arsenal de táticas para impor sua superioridade cibernética sobre você e minar sua autoconfiança já normalmente capenga diante da máquina onipotente.

Uma de suas táticas mais freqüentes é perguntar se você tem certeza do que está fazendo. Você terminou um trabalho que o deixou satisfeito, aperta determinada tecla para dar os trâmites por encerrados e então entra na tela o indefectível *"Are you sure isso ou aquilo?"* Ele não se conforma com a sua satisfação e procura abalar sua segurança. Mostra dúvidas cínicas sobre a sua capacidade intelectual: tem certeza de que é isso mesmo que você quer? E lhe dá três alternativas de resposta: *yes, no* ou *cancel*. Lá está a víbora envenenando seus neurônios, fustigando seus terminais nervosos, ensaiando o bote para assustá-lo, intimidá-lo e confundi-lo. Sim, não ou cancela?

Sim, é claro! Até aquele momento, você não tinha a menor dúvida! Sim! Sim!

Mas agora é tarde. A dúvida se instalou em sua mente. Você fica olhando torvamente a tela, hipnotizado pela serpente, sem ter certeza de mais nada no contexto de um universo indiferente e insano.

E essa é apenas uma das táticas terroristas do seu computador para colocar você no lugar que ele acha que você merece.

A linha emaranhada entre dois pontos

Em grande parte dos casos, o computador complica as coisas mais simples e mostra uma deprimente inferioridade diante da máquina de escrever. Infelizmente, ele não foi programado para a autocrítica, senão a lição de informática que se segue lhe daria o que pensar.

No tempo em que a máquina de escrever era soberana no escritório, o ato de tirar a cópia de um texto seu para um companheiro de trabalho que dele precisasse era singelo como uma linha reta unindo dois pontos: você ia até a máquina de xerox com seu texto, tirava a cópia e a depositava gentilmente na mesa de seu colega.

O computador emaranhou de tal maneira essa linha que enviar uma cópia do seu texto para o computador de seu colega exige praticamente um curso intensivo de informática.

Tome fôlego e siga o procedimento padrão. Pegue o *mouse* e direcione a seta até a maçã do canto superior esquerdo da tela. Clique e abre-se a primeira janela. Aponte para a palavra *chooser* e tecle. Novas janelas se abrirão durante o processo e, na seqüência, você vai selecionando outras palavras familiares a qualquer um, como *apple share* e *iteck-fw*. Clique *ok* até, finalmente, se abrir uma janela onde está escrito *name* e *password mac*, em cujos espaços você digitará, duas vezes, a palavra *mac* . Logo em seguida, você clica em *connect*. Adivinhou: mais uma janela se abrirá. Clique *ok*, não discuta com o computador, para evitar retaliações futuras. A pasta *share drive* aparecerá na tela, com o nome do seu colega de trabalho (lembra-se dele?). Clique a seta mais duas vezes sobre o nome do colega e pronto: você tirou nota 10 na lição de informática que ensina como enviar uma cópia de um texto seu para o computador do companheiro da mesa ao lado.

Recomendações

Vale relembrar que peripécias como a que foi relatada acima só devem ser realizadas se você tiver a assessoria de profissionais de informática ou de jovens entre 10 e 25 anos.

Há indícios de que apagões elétricos em cidades inteiras foram causados por pessoas de meia-idade ou terceira idade manuseando computadores sem a supervisão de filhos ou netos. Investigações policiais em diversos países revelaram que essa pode ter sido também a verdadeira causa de explosões atribuídas erroneamente a terroristas.

Tudo que você deve saber sobre computador, sem perigo para os outros nem para si mesmo, é como ligá-lo (sabendo que o computador dirá que da última vez foi desligado incorretamente, etc.), como digitar seu texto e, por fim, desligá-lo (incorretamente, vá lá). Ninguém com mais de 40 anos precisa de mais do que isso para ser feliz.

Mas, mesmo que seu conhecimento um dia vá além, nunca se intrometa em conversas de jovens quando o tema for informática. Eles ouvirão em silêncio respeitoso a sua pretensa familiaridade com o assunto e só esperarão você virar as costas para cair na gargalhada. Por mais atualizado que você pense ter sido, foi como se você tivesse acabado de cantar para eles uma música de Vicente Celestino e lhes ensinado passos de chá-chá-chá.

Computador: fatos e lendas

A informática entrou vicariamente em nosso escritório, nossa casa e nossa vida – e foi como se o que havia antes dela perdesse todo o valor prático.

O computador leva, inegavelmente, algumas vantagens sobre a caneta-tinteiro e até mesmo sobre a máquina de escrever. Não borra de tinta o bolso da camisa, suas teclas não embaralham quando você aperta mais de uma ao mesmo tempo, é silencioso e tem algumas funções extras que vão além do que a máquina de escrever é capaz. Mas essas funções são supervalorizadas, e muitas delas não passam de ficção que nós, os mais velhos, com nossos parcos conhecimentos de informática, não temos como desmentir. Mas, por favor, não pense que nossa ignorância chega ao nível da debilidade mental. Somos imbecis cibernéticos, sim. Mas a experiência nos ensinou uma ou outra coisa, principalmente sobre o poder persuasivo do imperialismo para empurrar suas bugigangas aos inocentes.

Sabemos que os norte-americanos são mestres em vendas, capazes de tantalizar os consumidores com produtos que beiram a banalidade. As ferramentas realmente úteis do computador não passam de 12 ou, com boa vontade, 15, se incluirmos derivativos como *chats* ou videogames. O resto é enfeite ou franca empulhação. Só não nos atrevemos a demonstrar empiricamente nossa razão, por medo das conseqüências imprevisíveis e dos riscos de vida que correríamos apertando teclas, abrindo janelas e clicando *mouses* aleatoriamente para desmascarar essa ficção científica.

Portanto, fingiremos acreditar que é possível, através do computador, realizar operações bancárias sem sair de casa, assistir a filmes, reservar passagens de avião, fazer compras – enfim, tudo que o marketing é capaz de inventar, e os ingênuos são capazes de engolir.

Que outros sejam hipnotizados pela víbora. Nós, os mais velhos, continuaremos, sem inveja nem rancor, dentro de nossa assumida limitação, utilizando apenas uma ou duas das 12 ferramentas comprovadamente existentes no computador. E que esses merdinhas imberbes façam bom uso das outras dez.

EDILEUZA

Estavam os quatro na varanda da casa, depois de mais um jantar glorioso preparado por Edileuza. Henrique e sua mulher, Flávia, no comprido sofá de madeira trançada. Edileuza com Lúcia, a filha do casal, sentada no colo, mostrava a posição da estrela-d'alva no céu. Era uma noite de céu limpo e estrelado.

— É aquela? — Lúcia apontou para a estrela-d'alva com o dedinho.

— É, sim — e Edileuza abaixou a mão da menina. — Mas não pode apontar para a estrela, senão nasce verruga na ponta do seu dedo.

— Que bobagem, Edileuza! — cortou Henrique, irritado. — Pare de enfiar essas superstições na cabeça da criança.

— Mas é verdade, seu Henrique! — protestou Edileuza.

— Não é, não! — ele se irritou ainda mais com a teimosia da empregada.

— Calma, Henrique — aparteou Flávia.

E para a filha:

— É brincadeira da Edileuza, Lúcia.

— É brincadeira, Edileuza? — perguntou Lúcia.

— Não. É a pura verdade — agora era questão de honra. Edileuza não abriria mão de suas convicções.

— Ah, é? Ah, é? — Henrique levantou-se, foi para a frente da varanda e desafiou: — Então eu vou apontar para as estrelas com todos os dedos da mão. Quer ver?

— Faz isso não, seu Henrique! — advertiu Edileuza, espantada com a temeridade daquele homem tão inteligente e, no entanto, tão incrédulo diante de um fato da vida provado e comprovado.

— Olha só, Lucinha.

Henrique foi apontando, com cada dedo da mão direita, para as constelações que conhecia:

— Ali fica a constelação de Andrômeda — apontou o polegar. Depois o indicador: — Aquela chama-se Cassiopéia. — Dedo médio: — Com o maior dedo da minha mão, eu vou apontar a maior constelação que existe, a Hidra Fêmea. — Dedo anular: — Olha ali a constelação de Aquário. — Mindinho: — E, com o menor dedo da mão, o papai vai apontar a menor constelação, o Cruzeiro do Sul.

Edileuza estava consternada:

— Seu Henrique, seu Henrique! Eu nem quero ver a sua mão direita amanhã. Uma verruga em cada dedo.

— É mesmo? Então vamos completar o serviço.

E, diante de uma Lúcia encantada, uma Flávia divertida e uma Edileuza escandalizada, apontou agora com cada dedo da mão esquerda:

— Dragão. Centauro. Cabeleira de Berenice. Cisne. Capricórnio.

Ainda bem que eram só dez dedos: seu conhecimento sobre constelações não ia muito além. Lúcia, no entanto, não sabia o que mais admirar no pai: a coragem ou a sabedoria astronômica. Ela disse, orgulhosamente:

— Viu, Edileuza? É só super... superst...

— Superstição — completou o pai. E para Edileuza: — Eu não quero mais que você deixe a Lúcia impressionada com nenhuma das suas superstições. Já ouvi você metendo medo nela com o saci-pererê. E dizendo que manga com leite mata.

— Mas, seu Henrique...

— Coisa nenhuma! Você vai dizer agora para a menina que é tudo invenção. Saci-pererê não existe, e manga com leite nunca matou ninguém.

— Isso eu não faço! — O próprio Henrique se surpreendeu com a firmeza de Edileuza. — O senhor tem que respeitar minhas crenças. Eu respeito a crença das pessoas, mesmo quando acho que elas estão cometendo pecado mortal. Outro dia o senhor fez pouco da imagem de São Jorge Contra o Dragão, que eu coloquei na sala de visitas. Mandou tirar a imagem da sala e eu tirei, sem reclamar. E eu só queria a presença de São Jorge para proteger sua família contra mau-olhado de gente invejosa. Então...

— Tá bem, tá bem... — Henrique conhecia Edileuza e sabia que aquela leréia ia longe. — Vamos fazer o seguinte: você fique com as suas crenças, e eu fico com as minhas. Mas eu não quero mais você assustando uma criança de cinco anos com essas histórias de verruga no dedo, saci-pererê e manga com leite.

— Essas histórias...

— Chega, Edileuza — agora foi Flávia que interrompeu. — Eu também não quero que Lúcia fique com medo dessas bobagens. É melhor ir para o seu quarto assistir a televisão.

Edileuza obedeceu. Era voluntariosa e até atrevida para uma doméstica, mas a verdade é que não a consideravam uma simples doméstica. Estava com a Flávia e o Henrique desde o início do casamento, cuidava de Lúcia com carinho e se sentia quase uma segunda mãe da menina. Era eficiente no trato da casa, ótima cozinheira, boa e honesta como pessoa, mas nunca deixara de ser assim, caipirona, cheia de crendices que trouxera da roça. Apegara-se à família, e eles a tinham na conta de alguém da casa. Morava com eles, não num quartinho minúsculo de empregada, mas num quarto confortável, com televisão em cores e um aparelho de som, no qual pontificavam suas duplas sertanejas preferidas.

Quando foram dormir, Flávia e Henrique já estavam rindo do incidente e do susto de Edileuza diante da "coragem" de Henrique em desafiar a fúria das estrelas.

Na manhã seguinte, Edileuza servia o café para Flávia e Lúcia quando Henrique apareceu, apressado, já a caminho da porta.

— Atrasei hoje. Vou deixar para tomar café no escritório — avisou ele. E só então notaram que ele estava de jaqueta e luvas de couro.

— Por que essa roupa? — estranhou Flávia. — Está fazendo calor.

— É que hoje eu quero ir de moto. Com o carro, eu vou chegar mais atrasado ainda.

E saiu. Flávia reparou que, contra seu costume diário, ele não deu um beijo nela e na filha ao sair. Debitou a distração na conta da pressa, mas, três horas depois, recebeu um telefonema preocupado do marido:

— Flávia, eu estou vindo do dermatologista. Aquela história da moto foi uma maneira que eu encontrei para usar luvas e esconder as verrugas.

— Que verrugas? — Flávia não ligou imediatamente os fatos.

— As verrugas, Flávia! Estou com verrugas na ponta de todos os dedos da mão direita e da esquerda!

— O quê?

— O dermatologista não soube explicar como foi que elas apareceram assim, da noite para o dia.

— Ai, meu Deus! As estrelas! Você contou para o médico sobre as constelações que você apontou com os dedos?

— Contei. E me arrependi. Ele riu à minha custa. Receitou uns remédios. Mas parece que as verrugas demoram a sair, se saírem. O mais certo é que eu tenha que fazer uma cirurgia.

— E agora, Henrique?

— Precisamos conversar com calma. Vamos almoçar num restaurante.

No restaurante, Flávia, curiosa e intrigada, examinou as mãos do marido e lá estavam elas: uma verruga em cada dedo.

— O que é que eu faço, Flávia?

— Ué. Continue a vida normalmente, fazendo seus anúncios — Henrique era diretor de arte em uma agência de publicidade. — Verruga não mata ninguém. Use os remédios que o médico receitou. Se as verrugas não sumirem, você opera.

— Ah, é? E a minha honra, como é que fica? Como é que eu vou chegar em casa com os meus dedos assim? Com que cara eu vou olhar para a Lúcia? E a Edileuza? A Edileuza, minha mãe do céu! Ela vai falar nisso pelo resto da vida. Vai esfregar cada verruga na minha cara. Vai me desmoralizar para sempre, na frente da minha filha. E vai comprovar suas teses uma por uma: verruga no dedo, saci-pererê e manga com leite.

Agora Flávia também estava preocupada. Aquilo poderia ter mesmo um reflexo negativo na formação da menina. Lúcia, talvez, passasse a acreditar mais nas superstições de Edileuza do que na lógica dos pais. Para dizer a verdade, ela própria estava embatucada. De que lado estava a lógica, afinal, naquele acontecimento?

Henrique mexia no prato, prestando mais atenção nas verrugas do que na comida, resmungando, angustiado:

— Eu me recuso a aparecer em casa com os dedos enrugados. Acho que o jeito vai ser demitir aquela vaca! É tudo culpa dela! Isso é reza brava que ela fez para São Jorge. Macumba.

— Deixe de ser ridículo, Henrique. A Edileuza nunca seria capaz de uma maldade com ninguém, ainda mais com você.

— Pode ser. Mas essas verrugas a minha filha nunca vai ver, nem que eu tenha que amputar a ponta de todos os dedos.

Flávia percebeu que o marido estava transtornado demais para pensar com clareza. Ela mesma teria que achar uma solução. Acabou tendo uma idéia que lhe pareceu razoável:

– O jeito é você fazer uma viagem a trabalho. Uma viagem a trabalho de três meses. Fale com o seu patrão.

– O Almir? Acha que ele vai me liberar por três meses?

– As campanhas eleitorais estão começando. Você disse que a sua agência vai trabalhar para candidatos de outros Estados. Peça para ser diretor de arte de uma dessas campanhas. Opere as verrugas antes de viajar. Deve ser uma operação simples, a laser. Daqui a três meses, quando você voltar, as marcas da cirurgia já terão desaparecido.

Henrique olhou para Flávia, verdadeiramente impressionado. Que mulher! Que idéia infernalmente simples e genial! Como tudo se encaixava com perfeição! Ele sairia de uma situação desesperadora, sem ter que dar explicações embaraçosas a ninguém, principalmente àquela... àquela... bem, a Edileuza.

Tudo aconteceu como Flávia previu. Seu patrão, Almir, concedeu-lhe o tempo necessário para operar as verrugas e depois enviou-o ao Ceará, onde ele trabalhou na campanha política vitoriosa de um candidato ao Senado. Flávia disse a Lúcia e a Edileuza que Henrique tivera que fazer uma viagem urgente a serviço e retornaria em três meses, o que realmente aconteceu.

A vida voltou ao normal. É verdade que, nos primeiros dias após o seu retorno, Henrique reparou que Edileuza olhava, furtivamente, para suas mãos.

– O que foi, Edileuza? – ele perguntou, durante o jantar, no momento em que flagrou um daqueles olhares. – Tem alguma sujeira nas minhas mãos? Mas eu lavei, antes de vir para a mesa.

– Parece que tem umas manchinhas brancas na ponta dos dedos do senhor.

– Eu não tenho mancha nenhuma, Edileuza. Nem nos meus dedos, nem na minha vida.

Todos riram, e a própria Edileuza achou graça:

– Esse seu Henrique... Adora fazer a gente de besta.

Naquela noite, antes de dormir, de pé diante da janela de seu quarto, que dava para o quintal, Henrique pensava na vida com satisfação. Tinha acabado de resolver o problema das verrugas, tinha acabado de vencer uma eleição em que seu serviço como diretor de arte fora elogiado por todos e tinha acabado de fazer amor com sua mulher, que agora dormia. Examinou com carinho as flores e as árvores do quintal, que ele e Flávia vinham plantando e cuidando ao longo de sete anos de casamento. Viu as margaridas, as rosas, o manacá. A mangueira, da qual saboreara duas mangas deliciosas na sobremesa daquela noite. A goiabeira, a jabuticabeira, a pitangueira e... e um pivete! Um pivete, um ladrãozinho desgraçado, tinha invadido sua casa e lá estava, ao lado da pitangueira! As luzes da casa estavam apagadas, ele era preto como o breu que cobria o quintal, mas ainda assim dava para distinguir sua silhueta. Não usava calça nem camisa, só um gorro e um calção. Henrique via seu perfil, suas mãos na cintura, sua aparente despreocupação, e toda a tensão acumulada nos últimos meses transformou-se em ódio incontrolável. Aquele merdinha se atrevia a invadir sua casa, a casa onde viviam sua mulher e sua filha! Ia fazer o desgraçado se arrepender e, se ele reagisse, era hora de pôr em prática as lições que aprendera em dois anos de boxe tailandês.

Pulou a janela e correu atrás do negrinho, que, ao vê-lo, fugiu na direção do muro. Henrique ficou surpreso ao ver que o ladrão pulava em um só pé. Ficou assustado ao perceber que, ainda assim, o moleque era muito mais veloz que ele. E ficou sem fala quando o ser fantástico deu um pulo de mais de dois metros – do chão direto até o alto do muro. Sem esforço. Sem usar as mãos para se agarrar à borda. Só com a força das pernas, ou, melhor dizendo, da perna. Agora que Henrique podia vê-lo em cima do muro, iluminado pela luz do poste da rua, deu-se conta do que tinha diante de si. Não era calção o que ele usava, mas uma espécie de tanga como a dos índios, cobrindo a parte da frente e a de trás. A tanga e o gorro eram vermelhos, bem como os olhinhos galhofeiros. Ele tinha um cachimbo de barro na mão. Ficou olhando para Henrique por um instante, com um sorriso sardônico. Pôs o cachimbo na boca calmamente e deu uma baforada. Depois pulou do muro para a rua.

Henrique desabou sentado no chão e lá ficou. E lá ficaria, se Flávia não tivesse acordado horas depois e ouvido uns sons estranhos, incongruentes, uma espécie de monólogo rouco e agoniado. Foi até a janela e viu o marido sentado no fundo do quintal, olhando para o alto do muro e emitindo aquele palavreado desconexo.

– Henrique, o que foi? – Ela o levantou e o levou para dentro de casa, mas não conseguia arrancar dele nenhuma resposta coerente. Uma coisa era certa: teria que levá-lo imediatamente ao hospital. Conhecia o marido. Sabia que era preciso ter acontecido algo terrível para deixá-lo abalado daquele jeito.

Antes de sair, chamou Edileuza e ordenou:

– Fique no quarto de Lúcia, tomando conta dela. Confira se está tudo bem trancado em casa. Se ouvir alguma coisa, chame a polícia. Preciso levar Henrique ao hospital. Ele teve um... sei lá o que, o médico é que vai dizer.

Henrique, pálido, à beira da catatonia, disse, com voz enrolada como a de um bêbado:

– Edileuza, eu vi o saci-pererê.

– Eu sabia – Edileuza se benzeu –, eu sabia!

Quem não sabia o que dizer era o médico, depois de ouvir as explicações de Flávia e a conversa antifigúrica de Henrique.

– Seja franca: ele fez uso de algum tipo de tóxico?

– Não – garantiu Flávia, impaciente. – Ele não mexe com essas coisas. Mas, ultimamente, ele tem trabalhado muito. Participou de uma campanha política, e em campanha política todo mundo trabalha direto, emendando sábados, domingos e feriados, durante meses. E tem mais...

Flávia achou melhor contar também a história das estrelas e das verrugas. O médico sorriu:

— Ah, então está explicado. Seu marido já estava estressado fazia tempo, provavelmente antes mesmo da campanha política. As verrugas são um caso típico de somatização. O episódio das estrelas serviu só para desencadear um processo que já estava latente. Depois, a tensão de uma campanha política, trabalhando meses sem um dia de descanso, completou o quadro de estafa. É possível que ele tenha mesmo visto um ladrão no quintal, e isso foi a gota d'água que faltava para o colapso nervoso.

Flávia sentiu-se aliviada. No meio daquela loucura de verrugas nos dedos e saci-pererê, algo, afinal, fazia sentido. O médico continuou:

— Vou dar ao Henrique um sedativo. Hoje ele dorme aqui. Amanhã, com toda a certeza, ele estará melhor, e nós poderemos dar um diagnóstico mais preciso. De qualquer maneira, eu sugiro, desde já, um período de repouso e ajuda terapêutica. Por enquanto, seu Henrique, o senhor vai tomar esses comprimidos e tirar uma pestana, que é disso que o senhor está precisando.

A enfermeira tinha chegado com o sedativo pedido pelo médico e um copo de leite. Henrique tomou obedientemente os comprimidos junto com o leite.

Flávia sentou-se na cabeceira da cama. Henrique reclinou-se e apoiou a cabeça sobre o colo da mulher, que o abraçou, como a uma criança. O sedativo fazia efeito rápido, e ele sentiu a primeira camada de sono dominá-lo. Já ia fechar os olhos quando algo, na mão da enfermeira, chamou sua atenção e o fez levantar-se do colo da mulher, novamente apavorado. Ele apontou para o copo de leite vazio na mão da enfermeira e gritou:

— Eu comi manga de sobremesa no jantar... e agora tomei leite. Manga com leite! Vou morrer envenenado!

E, lentamente, caiu desfalecido sobre o colo de Flávia. O doutor, agora seguro de seu diagnóstico, havia readquirido aquela expressão tranqüila que os médicos exibem tanto para quem se queixa de uma gastrite como para quem diz que foi abduzido por incas venusianos.

— Ainda é efeito da crise nervosa. Pode ficar tranqüila, amanhã ele estará melhor.

Mas a súbita mudança de cor no rosto de Henrique, sua respiração estertorosa, seus engulhos e ânsias de vômito, mostravam um quadro nada tranqüilizador. Pelo contrário, todos os sintomas eram de intoxicação. E, nos procedimentos que se seguiram, tiveram que lidar com algo ainda mais grave do que imaginavam: envenenamento. Incrível! O paciente, não o doutor, havia acertado o diagnóstico! Foi o que o próprio médico confessou mais tarde para Flávia, com toda a sinceridade.

— Mas agora está tudo realmente sob controle. Ele não corre o menor risco de vida. Agradeça a Deus pelo seu marido! — E levando a sinceridade ainda mais longe: — Agradeça por mim também. Se ele tivesse morrido, eu teria que colocar, como causa da morte, "envenenamento por ingestão de manga com leite". O Conselho de Medicina cancelaria a minha licença profissional. Juro que vou morrer sem entender o que aconteceu.

Henrique permaneceu alguns dias no hospital e, seguindo prescrição médica, ficou em repouso durante um mês. Também seguiu a recomendação de fazer terapia. Só não achou conveniente contar ao terapeuta seus problemas envolvendo estrelas, verrugas, saci e manga com leite, para evitar conclusões freudianas apressadas.

Ainda assim, ouvindo uma versão mais atenuada e menos insólita dos fatos, o excelente psicanalista chegou ao mesmo diagnóstico que o médico: estresse. Não faltavam motivos para tal. Henrique dividia-se entre a extrema competitividade da profissão publicitária e seus exaustivos estudos sobre astronomia. Atravessou seis meses de trabalho ininterrupto na campanha política que elegeu o governador de Minas Gerais.

E, para completar, sofreu a experiência dramática de ter sua casa invadida por dois assaltantes, que ele, felizmente, conseguira pôr em fuga, graças aos seus conhecimentos de boxe tailandês.

Mas Henrique agora está bem. Voltou ao seu natural calmo e bem-humorado. Posso garantir isso com toda a certeza, porque trabalhamos juntos. Sou redator na mesma agência de publicidade em que ele é diretor de arte. Ele me autorizou a narrar estes fatos, embora ache a história confusa e difícil de acreditar. Há muitas pontas soltas que, como diz Henrique, só Deus seria capaz de amarrar. Deus, São Jorge e Edileuza, acrescento eu.

BABA, BABY

Algumas obras mergulham tão profundamente nos meandros da alma que suscitam diversas e apaixonadas análises. Quantas teses já foram escritas sobre o sorriso da Mona Lisa e as diferentes fases de Picasso? Sobre a infidelidade de Capitu, as paixões de Madame Bovary e as motivações filosóficas de Raskolnikov para cometer seu crime? Sobre as interpretações que Freud fez dos sonhos, do inconsciente, do ato falho ou do complexo de Édipo?

A nós, mortais comuns, a quem falta a centelha divina que leva os verdadeiros eleitos a alçar vôos tão altos, a edificar obras tão sólidas que perduram pela eternidade, a nós, repito, só resta, dentro dos nossos limitados recursos, tentar decifrar o significado dessas obras. Mesmo que o resultado de nossa investigação seja diminuto diante de seu gigantismo e superficial diante de sua profundidade, toda obra-prima é passível de análise, ainda que sua densidade a torne quase impossível de ser captada em toda a sua extensão imaginativa. O gênio é insondável, e tudo que o crítico pode fazer é uma tentativa de entrar, pedindo licença e tirando o chapéu, dentro do mecanismo de sua criação. É o que este crítico faz, ao se aproximar, temerariamente, da obra que sacudiu uma geração que parecia impermeável a experimentalismos tão ousados, a uma musicalidade tão pulsante, a versos que nos levam a um labirinto tão bem urdido. Este é só o primeiro passo, tímido mas esforçado, para analisar "Baba, baby", de Kelly Key e o DJ Andinho, com sua melodiosidade álacre e sua letra (escrita por Kelly) que os inexpertos podem considerar sem sofisticação ou francamente vulgar e apelativa. É bom lembrar que essas mesmas acusações foram feitas a Nelson Rodrigues. No entanto, os críticos são hoje unânimes em reconhecer o valor de sua obra (logo ele, que dizia que toda unanimidade é burra). Em sua época, poucos, como Hélio Pellegrino (foi preciso um psicanalista), entenderam a profundidade psicológica que havia no linguajar aparentemente banal e suburbano de seus personagens – e quanto esforço Nelson precisava despender para atingir aquele despojamento.

Acreditamos que, no devido tempo, a atrevida "Baba, baby" e a lépida e destemida Kelly Key terão o mesmo e merecido reconhecimento intelectual. Esta análise pretende ser o primeiro passo em direção a esse reconhecimento. Relevem a mediocridade do crítico, levando em conta a enormidade da tarefa que ele se atreveu a empreender. Eu a inicio agora, sabendo que outros, melhores que eu, saberão levá-la a um termo mais satisfatório. Vamos à letra propriamente dita.

Já em sua *ouverture*, ela aborda, com ousadia atordoante, dois temas que, até então, eram tabus na música brasileira: a pedofilia e o desejo incestuoso.

> Oh, cê não me acreditou
> Você nem me olhou
> Disse que eu era muito nova pra você

A inspiração aqui é assumidamente nabokoviana e, se a cantora se coloca na pele de Lolita, o homem a quem ela se dirige é o personagem narrador do livro, Humbert Humbert (vamos chamar o homem da música de Humberto daqui em diante). Só que, numa pirueta criativa de Kelly Key, os papéis se invertem na letra: a história é contada pela menina, e o seduzido é o homem. O próprio Vladimir Nabokov se espantaria à primeira vista, mas depois, ao compreender a sinuosidade e a sutileza da trama, aprovaria, com um sorriso cúmplice. Afinal, se a história escrita por ele se passa nos anos 50, os tempos agora são outros. Hoje, as Filhas do Segundo Sexo, como as chamou Paulo Francis (Kelly deve ter uma admiração especial pela obra de Simone de Beauvoir), tomam a iniciativa, em vez de sonhar passivamente com o objeto de seu desejo.

A letra parte, na verdade, da humilhação e do desejo incestuoso não realizado. Incestuoso, sim, porque o que temos aqui é a menina que vê em Humberto, um homem mais velho, a figura paterna a quem, inconscientemente, deseja.

Mas por que o Humberto da música se esquiva da ninfeta? Talvez por prudência: ao contrário do doentio personagem de Nabokov, um homem normal evitaria conjunção carnal com uma menina de doze anos (nem que fosse por medo da polícia). Ou talvez seus sentimentos se dividissem numa dicotomia, dentro da dialética platônica, de repartição de um sentimento em dois outros, contrários mas complementares, já que abarcam toda a extensão do primeiro. Ou seja, o desejo sempre esteve ali, mas foi sufocado ou disfarçado pela indiferença. A terceira possibilidade é que o Humberto de Kelly Key tenha percebido desde o início o que o Humbert Humbert de Nabokov só percebeu ao fim de sua tragédia, já tendo feito da ninfeta sua amante: que Lolita – e aqui cito textualmente o escritor -, "foi se dando conta de que até mesmo a mais miserável das vidas era preferível àquela paródia de incesto".

Sim, pedofilia e incesto, reunidos numa estrofe que mentes menos analíticas poderiam julgar apenas singela e travessa. A grande Arte escolhe suas próprias armas para duelar contra a mesmice, e Kelly Key escolheu em sua música o caminho da pseudo-ingenuidade para esconder suas fraturas internas. Mas as fraturas estavam expostas demais. Continuemos.

>Agora que eu cresci
>Você quer me namorar

A Lolita se fez mulher, e Kelly Key nos desafia a imaginar como seria uma Lolita adulta (não a de Nabokov, no fim das contas uma criança bastante limitada, mas a Lolita-Key, com sua sensualidade latejante conjuminada à complexidade intelectual).

É cristalino que a mágoa humana da menina desprezada permanece na adulta. Kelly Key consegue, porém, transformá-la em Arte, porque, assim como o poeta Augusto dos Anjos, ela sabe que "somente a Arte, esculpindo a humana mágoa, abranda as rochas rígidas". Mas, perguntarão alguns, por que ela o faz de maneira tão alegre e frenética, num ritmo musical em que parece haver de tudo, menos tristeza? Novamente Kelly parece ter encontrado sua resposta em Augusto dos Anjos, para quem a Arte reduz "à condição de uma planície alegre a aridez orográfica do mundo." Na alegria aparente da música, a cantora busca um distanciamento brechtiano de seu dilaceramento interior, porque, atenta observadora da alma humana, conhece, como Brecht, a distância que existe entre o que as pessoas pensam e dizem, sentem e demonstram sentir. Seu verdadeiro eu atormentado se distancia da personagem feliz que ela mostra no palco e na vida.

A música, como a própria Kelly Key corajosamente confessou, é autobiográfica, e escrevê-la foi a maneira que a artista encontrou para confrontar seus fantasmas do passado: assumindo, adulta, aos olhos do mundo, o desejo sexual que a criança nunca pôde satisfazer pelo seu amado Humberto. Freud escreveu que "a função principal do mecanismo mental é aliviar a pessoa das tensões que suas necessidades criam nela". A pessoa consegue alívio, em parte, "extraindo satisfação do mundo exterior", ou "encontrando outra forma de empregar seus impulsos insatisfeitos". O desejo oculto frustrado da Kelly-Lolita foi escancarado ao público pela Kelly adulta. Meu raciocínio, tenho certeza, seria avalizado pelo melhor biógrafo vivo de Freud, Peter Gay, para quem "a investigação psicanalítica na arte ou na literatura, tal como a investigação das neuroses, deve ser uma busca de desejos ocultos satisfeitos ou desejos ocultos frustrados". Isso posto, partamos para os novos desafios que Kelly Key propõe à nossa análise.

> Não vou acreditar nesse nosso amor
> Que só quer me iludir, me enganar
> Isso é caô

Assim como Fernando Pessoa, em cujas águas do Tejo Kelly parece sorver muito de sua inspiração, ela mostra que sua ilusão "passou, fora de Quando, de Porquê e de Passando." E ela também se sente, tal como o poeta lusitano, "cantando, sem razão, a última esperança dada à última ilusão." É uma mulher cética que surge agora, negando-se a acreditar em um amor no qual ela só vê desencanto e desengano. A criança apaixonada de outrora não existe mais. "Carinhos? Afetos? São memórias. É preciso ser-se criança para os ter... Minha madrugada perdida, meu azul verdadeiro!" Vejam esta outra imersão na fonte cristalina de Pessoa: "Que me importa a mim os homens? E o que sofrem, ou supõem que sofrem?" É tamanha a influência de Fernando Pessoa sobre a artista que ela consegue resumir, em uma única estrofe da música, quatro poemas diferentes do autor. É o mesmo poder de síntese que ela mostra, com adorável irreverência, na frase final do verso, onde "caô" forma uma rima inusitada com "amor". Caô, também chamado de *171* (lei contra o estelionato), é a gíria para designar vigaristas e vigarices. Assim, Kelly prova que é capaz de passear, com a mesma desenvoltura, pelo romantismo de Fernando Pessoa ou pelas esquinas suspeitas de Rubem Fonseca e Dashiell Hammett. Seu talento versátil se sente à vontade em qualquer ambiente.

Há os que possam achar de mau gosto a exposição de uma paixão pré-pubescente por um homem maduro. Mas quem amadureceu agora é ela, num processo de superação, exposto com inteligência e audácia. O que alguém chamaria de loucura, eu chamo de sensatez. Ou ambos. La Rochefoucald disse que "envelhecendo, tornamo-nos mais loucos e sensatos". Louca e sensata, Kelly continua a narrar sua saga.

> E pra não dizer que sou ruim
> Vou deixar você me olhar
> Só olhar, só olhar
> Baba, baby, baba
> Olha o que perdeu
> Baba, criança cresceu

Kelly retorna agora ao universo freudiano, abordando, com brilho e desenvoltura, o voyeurismo e o *coitus interruptus*. Ao pobre Humberto só resta sonhar com o que perdeu, implorar por migalhas do que poderia ter sido seu por inteiro, recebendo a mesma resposta que levou o poeta Gregório de Mattos a balbuciar, atordoado: "E movida me incitava, e me movia/ A querer ver tão bela arquitetura". Olha o que perdeu. Sim, ele só pode olhar.

Baba, criança cresceu, ela acrescenta. A Kelly-Lolita era apenas a crisálida de onde, afinal, voou uma Kelly Key adulta e triunfante, sedutora em sua beleza, terrível em seu negacear, insuperável em sua inteligência, assustadora em sua astúcia, implacável em sua vingança.

"A grande Deusa aos meus desejos se negou", escreveu Fernando Pessoa, influência inequívoca também nessa estrofe e perene na Arte maiúscula de Kelly Key. Note-se a sutileza felina com que ela se aproxima de Humberto, atiçando seu desejo – "E pra não dizer que sou ruim, vou deixar você me olhar" – para, em seguida, interromper a realização desse desejo com impiedoso sarcasmo – "Só olhar, só olhar!" – E, por fim, o coroamento da vingança, o grito preso na garganta, na alma, nas entranhas, libertado após tantos anos: "Baba, baby, baba!" Não é só o coito de Humberto que foi interrompido, mas qualquer esperança. Só lhe resta o voyeurismo. Só olhar. E babar. De fato, o céu não conhece ódio maior que o de uma mulher desprezada.

E, quando essa mulher é dotada não só de altos atributos físicos, mas também intelectuais, o homem, tarde demais, percebe que só pode repetir a conclusão desolada a que chega o Humbert Humbert de Vladimir Nabokov: "E então compreendi que eu desconhecia por completo o que se passava na mente da minha menina e que muito provavelmente, por trás de seus atrozes lugares-comuns típicos da juventude, havia dentro dela um jardim e um crepúsculo, o portão de um palácio – regiões nebulosas cujo acesso me era terminantemente vedado, com meus andrajos poluídos e minhas terríveis convulsões".

É verdade. Kelly Key encerra a música vedando terminantemente a Humberto o portão de seu palácio.

> Bom, bem feito pra você, eeehhh, agora eu sou mais eu
> Isso é bom pra você aprender a nunca mais me esnobar
> Baba, baby, baby, baba, baba
> Baby, baba

Analisar o gênio e a alma feminina, ao mesmo tempo, é tarefa ingrata, mas fascinante. O próprio Freud reconheceu suas limitações em ambos os casos. Ao empreender uma biografia analítica de Leonardo da Vinci, avisou desde o início que, sobre o perfil de um gênio, "só é possível conjeturar, jamais compreender". Afinal, ele próprio admitiu que estava tentando montar um quebra-cabeças onde faltava a maioria das peças, e algumas das restantes eram praticamente indecifráveis. O biógrafo de Freud, Peter Gay, escreveu que "o *Leonardo*, apesar de suas deduções brilhantes, é uma realização com sérios defeitos". Freud tampouco teve sucesso em suas investigações psicanalíticas a respeito da alma feminina, à qual chamava um "continente negro". Seja o que for que tivesse a declarar sobre a feminilidade, escreveu Freud em 1932, era "certamente incompleto e fragmentário". Ele disse a sua amiga Marie Bonaparte que estivera pesquisando a alma feminina havia trinta anos, obtendo parcos resultados. E chegou ao fim da vida fazendo-se a pergunta que é famosa até os dias de hoje: "O que quer a mulher?"

Kelly Key é uma pessoa que Freud gostaria de analisar, como mulher e como intelectual. E ela, que parece dominar com perfeição os mecanismos freudianos, seria uma paciente fascinada e fascinante. Viveu experiências precoces e dramáticas, uma

Lolita genial, sem resquícios da estreiteza mental da Lolita de Nabokov. É lida e linda, estudada e engenhosa. Como Camões em Os *Lusíadas*, ela bem poderia falar sobre *Baba, Baby*: "Não me falta na vida honesto estudo/ Com longa experiência misturado/ Nem engenho, que aqui vereis presente/ Coisas que juntas se acham raramente".

Kelly Key não precisou arrombar portas para se tornar ídolo da juventude: ela sempre teve a chave das portas do sucesso dentro de seu cérebro. Talvez, por isso mesmo, tenha adotado o sobrenome Key (chave, em inglês) em seu pseudônimo. Ela tem a chave das portas da percepção, sem precisar recorrer a drogas. Tem a chave para hipnotizar platéias e levá-las ao delírio, sem precisar fazer concessões. Sua curiosidade insaciável, seu óbvio amor pela literatura completam o caldo cultural que resultou em "Baba, baby".

Os que ouvem Kelly Key pela primeira vez podem dizer, citando mais uma vez Camões: "Cesse tudo que a musa antiga canta/ Que outro valor mais alto se levanta".

UM GRANDE PAPEL

A História está repleta de invenções grandiosas e inventores geniais que não foram compreendidos e aclamados em sua época, mas hoje merecem toda a nossa admiração. A História é, porém, antes de tudo, épica. Adora aviões, bombas atômicas e lâmpadas elétricas. Invenções aparentemente banais não constam em suas páginas, mesmo que não ousemos sequer imaginar nossa vida sem elas. Se você já se viu sentado no vaso sanitário de uma casa alheia e foi surpreendido pelo final do rolo de papel higiênico, você sabe dar a essa nobre invenção o seu devido valor. E, enquanto você pensa se pede socorro à dona da casa ou se enforca com uma toalha do banheiro, talvez lhe ocorra imaginar como teria surgido o objeto de sua atual aflição, um artigo tão cândido e tão funcional, que deve ter feito a glória de seu criador.

Pois saiba que poucas invenções foram tão incompreendidas em sua época como o papel higiênico. Neste, como em tantos outros empreendimentos à frente do seu tempo, o pioneirismo de uns poucos visionários teve que superar muitos obstáculos e esperar muitos anos pela sua aceitação pública (e privada). O medo de tudo o que é novo, que se constitui no maior inimigo dos grandes avanços sociais e científicos, fez com que justamente os maiores beneficiários da invenção, os grandes cagões, se rebelassem contra ela. Ainda hoje há quem tente justificar a pusilanimidade daqueles defensores do atraso, argumentando que "quem tem cu tem medo".

O papel higiênico é uma invenção relativamente nova, principalmente considerando-se os séculos sufocantes que a civilização passou sem ele. É fato que ele teve antecessores de prestígio, como água (quando havia alguma por perto), areia, capim, folhas de árvore e pano. Entre os panos usados na limpeza anal, o linho era o que conferia maior status ao seu usuário (tanto que o primeiro slogan publicitário do papel higiênico foi "macio como linho antigo"). Mas tudo aquilo se tornou anacrônico quando ELE fez sua entrada gloriosa em cena, ainda que seus contemporâneos demorassem décadas a perceber a sua importância histórica.

Em 1857, os clientes do comerciante norte-americano Joseph Gayetty foram testemunhas do primeiro papel higiênico, empacotado e posto à venda em sua loja. Algum espírito mais esclarecido, ou de olfato mais apurado, teria compreendido que ali estava um artigo mais do que necessário à boa convivência humana. Mas as reações foram de desinteresse, jocosidade e até indignação.

Os consumidores, acostumados a ter papéis de graça, principalmente de revistas e jornais usados, consideravam uma desonestidade que alguém tentasse lhes enfiar pela goela (goela, aqui, é metafórico) um papel feito exclusivamente para aquela necessidade vulgar. E ainda cobrando por isso! Os fregueses de Joseph Gayetty logo trataram de jogar merda no ventilador (outra metáfora, já que o ventilador só seria inventado em 1882, por Schuyler Skaats Wheeler, também americano). Além de custar dinheiro, diziam, o papel higiênico não tinha a utilidade prática de um catálogo de compras, ou a utilidade intelectual e informativa de um bom jornal. Joseph Gayetty foi alvo de aleivosias, chacotas e epítetos que, na língua portuguesa, corresponderiam a Zé Bosta, borra-botas, bundão e bunda-mole. Nem mesmo sua esposa, Blanche, foi poupada: as lingüinhas locais apelidaram-na de

Blanshit. O cerco difamador era completo. A imprensa, grande interessada no fracasso do papel higiênico, conspurcou o nome até então inatacável do homem que obrara a "ridícula" invenção. Clérigos alertavam sobre a licenciosidade da nova idéia. Maridos ameaçavam Gayetty por invasão da privacidade dos casais. Pais de família acusavam-no de enfiar o nariz onde não devia.

Os que execravam a invenção não tinham idéia dos bons propósitos de seu inventor. Dos anos de estudos e experiências nos quais ele – e só ele – poderia servir de cobaia no laboratório improvisado no quintal de sua casa. Quantas dúvidas antes de chegar à forma, tipo e textura ideal do papel! Tudo feito à base de tentativa e erro, muitas vezes erros dolorosos. Inúmeros papéis mostraram-se demasiado ásperos, com conseqüências anais aflitivas. Outros eram finos e frágeis, desmanchando-se e lambuzando-lhe a mão. Sua esposa ameaçava parar de fazer faxina no laboratório, enojada com o fedor insuportável. Ela, sempre tão meiga e compreensiva, explodiu de raiva, num dia de especial mau cheiro: "Bem o papai avisou que, se eu me casasse com você, acabaria minha vida na merda!"

Joseph Gayetty sabia, porém, o grande passo que seu invento representava para a Humanidade e não estava disposto a desistir facilmente. Como os jornais acusavam o papel higiênico de ser um perigo para a cultura ocidental, por negar às pessoas momentos indispensáveis de leitura cotidiana no banheiro, o inventor vislumbrou uma saída: imprimir, nas folhas de seu papel, poesia, pensamentos edificantes e até trechos da Bíblia. Mas, feitas as contas, os custos de impressão encareceram de tal maneira o produto que inviabilizaram a idéia. Outras tentativas mostraram-se igualmente inúteis, e o papel higiênico parecia destinado a desaparecer no ralo da História.

Mas, se justamente o Novo Mundo se mostrava infenso a novidade tão importante, talvez o Velho Mundo soubesse enxergar as potencialidades da invenção americana. Depois de anos estudando a estrutura do papel higiênico, em 1879 (mais de vinte anos depois de Gayetty ter exposto a invenção em sua loja), o britânico Walter Alcock teve um *insight* e acrescentou o toque de gênio que faltava para aperfeiçoar a idéia: concebeu o rolo de "folhas rasgáveis", tal como o conhecemos hoje. Mas Alcock, assim como Gayetty, era um homem à frente do seu tempo: a Inglaterra também não estava preparada para um avanço de tal magnitude, e comercializar o papel higiênico mostrou-se tarefa ingrata. Durante quase uma década, ele se esforçou para levar seu invento (porque agora ele o considerava *seu* invento) a ser produzido em massa.

O destino, porém, decidira que seriam outros a fazer sucesso e a ganhar dinheiro com o produto que Gayetty inventara e Alcock aperfeiçoara: os irmãos Edward e Clarence Scotts. Eles tinham o tino comercial que faltava a Alcock e a sorte de viver na época certa para o advento do papel higiênico. Edward e Clarence estavam iniciando um negócio de produtos descartáveis e queriam um papel que fosse fácil de desintegrar. Ora, a invenção de Joseph Gayetty (de cuja existência eles jamais saberiam) era exatamente o que procuravam. Em 1880, num momento em que as grandes cidades inauguravam sistemas de esgotos públicos e serviços internos de encanamentos, uma guinada era promovida nos hábitos da civilização: chuveiros e banheiros começavam a ser instalados em hotéis, restaurantes e residências. Os anos 80 do século XIX iniciaram o *boom* da engenharia hidráulica. Era a deixa para o papel higiênico, finalmente, entrar em cena.

Tal é a sina dos gênios adiante de seu tempo. Assim como John Gorrie inventou a geladeira em 1850, quase trinta anos antes da eletricidade existir, Gayetty inventou o papel higiênico em 1857, quase trinta anos antes de o produto se tornar parte integrante dos novos e modernos banheiros que surgiram após implantação dos sistemas de encanamentos. Sim, porque a partir de 1880 as donas de casa perceberam que aqueles jornais velhos enfiados em um gancho de ferro não combinavam com um cômodo da casa que, de repente, adquirira inesperada nobreza.

Tal é a sina dos gênios adiante de seu tempo. Enquanto fabricantes de geladeiras tornaram-se milionários depois da eletricidade, e fabricantes de papel higiênico tornaram-se milionários depois da inauguração de esgotos e encanamentos públicos, John Gorrie e Joseph Gayetty morreram pobres e desacreditados.

A imprensa, ao concluir que podia viver em harmonia com o papel higiênico, cessou seus ataques. E, quando diferentes marcas do produto começaram a anunciar em suas páginas, viu que o que pensava ser um inimigo perigoso era, na verdade, um aliado lucrativo. Os jornais ingleses foram os primeiros a louvar as virtudes do novo produto como a escolha ideal para a higiene de pessoas distintas.

Edward e Clarence Scotts mostraram que os grandes comerciantes sempre se dão melhor na vida do que os grandes intelectos: foram eles que ganharam dinheiro com o produto que Gayetty criou e Alcock aprimorou. O que não depõe, de maneira alguma, contra os dois irmãos: se não fossem eles, talvez nós ainda estaríamos limpando as partes com jornais velhos. De um lado, ficam os que nasceram para dar vida ao barro. De outro, os que nasceram para transformar o barro em ouro. No meio ficamos nós, os bundas-sujas.

O papel higiênico tornou-se rapidamente um artigo popular, usado com alegria e alívio em todo o mundo. Como produto de higiene, ele tem uma aceitação maior, até mesmo, que o sabonete, visto até hoje com desconfiança nos países europeus.

E, se você está lendo esta crônica, é sinal de que não se enforcou com uma toalha.

Apesar da sua vontade de entrar no vaso sanitário e dar descarga, você chamou corajosamente a dona da casa, avisou que foi surpreendido pelo final do papel higiênico e pediu outro rolo. Agora, quando você sair do banheiro, ela lhe oferecerá um drinque forte para revigorá-lo, temendo que você desmaie de vergonha. Beba-o de um trago, mas antes faça um brinde. A Joseph Gayetty!

N. do A.: Esta história é baseada em fatos reais. Os fatos reais você confere lendo *O livro das invenções*, de Marcelo Duarte.

HONORINO REENCARNADO

— Reencarnação, não! Tudo, menos reencarnação!

Ateu convicto, Honorino via sua mais firme convicção desmoronar e, ao mesmo tempo, seu pior temor se confirmar. Quando vivo, ele sempre dizia que, de todas as superstições religiosas, nenhuma era mais apavorante do que a idéia de retornar à Terra em outra vida. E agora estava ele diante daquela mulher espantosamente feia, aquela espécie de burocrata do Além. Ela havia inserido um disquete no computador e o informara que era um currículo sobre suas vidas passadas. Dessa maneira, a conclusão de Honorino era óbvia: se havia vidas passadas, haveria vidas futuras.

— Eu vou ter que... *voltar*?

— Sem dúvida.

Era só impressão ou ele tinha notado um laivo de prazer sádico na voz da criatura? Honorino tentou apelar para a sua piedade, na esperança de que ela pudesse ter alguma influência sobre a chefia.

— Eu cometi suicídio justamente para fugir de lá – ele argumentou.

— O que só vai aumentar o tempo de vida que você terá na sua reencarnação.

— Entendo. É como um prisioneiro que foge da cadeia, é capturado e sua sentença aumenta por causa da fuga.

— A comparação é perfeita.

— Nesse caso, eu quero lembrar que tinha 52 anos de idade quando me matei. Esses 52 anos devem ser computados como parte já cumprida da minha sentença.

— Lamento. Não é assim que funciona. Você terá que recomeçar do zero, como toda pessoa que nasce, ou renasce. E, no seu caso, com o agravante do suicídio, que, usando a sua analogia de cadeia, acrescentará mais anos à sua pena. Quer dizer, à sua próxima vida.

— Eu não aceito! Eu me recuso! Quero recorrer a instâncias superiores, antes de ser condenado.

— Que instâncias superiores?

— Deus, ora!

— É pretensão sua querer contato direto com Ele, não acha? Ainda mais considerando que você era ateu.

— Mudei de idéia sobre isso.

— Tarde demais.

— Tudo bem! Não precisa ser Deus. Pode ser alguém do segundo escalão. Um santo que esteja disponível no momento.

— Impossível.

— Terceiro escalão, pelo menos! Um padre!

— Você era laico. Não aceitava a autoridade da Igreja.

O tom falsamente melífluo da funcionária, combinado com sua carantonha obscena, irritava e impacientava Honorino:

— Eu não aceitava autoridade nenhuma, e desobedecia a todas que era possível! — mudou de tom, sabendo que daquele jeito não conseguiria nada. — Vamos lá. Por favor. Um padre. Uma freira. Um monge tibetano. Eu não terei direito a nenhum advogado de defesa?

Ela voltou a digitar as teclas. Honorino aguardou, sentindo uma súbita vontade de rezar para o computador. Mas o computador foi implacável:

— Acesso negado — e a mulher apontou para o alto. — Ordens de cima.

Honorino agora estava realmente desesperado. De volta à Terra? Trabalhar como escravo para pagar impostos que só serviam para cevar políticos e burocratas? Fazer de novo o exame do toque retal? Caminhar outra vez entre os humanos, convivendo com sua abominável ignorância e vulgaridade?

— Eu vou voltar como gente? Qualquer coisa seria melhor do que isso. Aceito tudo. Um rato de esgoto, por exemplo, estaria ótimo!

— Muito esperto. Um rato vive apenas de dois a três anos... e você vai viver 87 anos na sua reencarnação.

— Oitenta e sete!

— A ciência conseguirá prolongar a vida nas próximas décadas. Mesmo no Brasil.

— Brasil? — agora o desespero de Honorino estava próximo da histeria. — Eu vou voltar ao Brasil?

— Sim. O suicida volta ao país onde pôs fim à vida, para continuar seu carma no mesmo lugar.

— Nascer no Brasil, provavelmente, foi fundamental para o meu suicídio. Você acha que, se eu tivesse nascido na Bélgica, eu teria me matado?

— Não tenho como saber.

— Mas você deve saber — e, se não sabe, é só consultar seu computador — que eu era depressivo. Isso deve ser levado em conta. Meu suicídio foi conseqüência da depressão.

— E sua depressão foi conseqüência do alcoolismo, das dívidas de jogo e dos atos que você cometeu em suas encarnações anteriores.

— Quem fui eu em outras vidas, além do idiota do Honorino?

— Pessoas que até o Honorino desprezaria, pode ter certeza. E olha que o Honorino não era mole! Artista fracassado, viciado em bebida e jogo, egoísta, preguiçoso, misantropo, revoltado, chato, depressivo, pai ausente, marido infiel...

— Chega! Eu não agüento mais!

— Vai ter que agüentar. Por 87 anos.

— É tempo demais. Eu vou me matar antes, outra vez!

— Possivelmente não. As mulheres são mais fortes e determinadas do que os homens.

— Como? Mulher?

— Sim. Você será uma mulher.

— Mulher! Bonita, pelo menos?

— Você me acha bonita? Olhe para mim como se fosse um espelho refletindo a mulher que você será na sua próxima encarnação.

— Oh, meu Deus!

— Tarde demais para falar em Deus. Com certeza, Ele está se divertindo muito com o seu caso, se chegou a se interessar pessoalmente pelo assunto. O Patrão é bem-humorado, de uma maneira peculiar.

— Que tipo de humor é esse? Eu vou passar 87 anos na pele de uma mocréia, um bucho como você?

— Cuidado com o que diz. Você vai sofrer muito com os debochos dos homens sobre a sua aparência. Porque essa aparência não é a minha, mas será a sua. Mocréia e bucho são dois bons exemplos do que os homens dirão de você, pelas suas costas.

— Eu vou ser uma solteirona, então...

— Não. Você vai se casar, com a idade que você me vê agora.

— Mais de quarenta?

— Trinta e quatro.

— Trinta e quatro anos? Com essa cara? Você não se cuida não?

— Eu, uma ova! Você! Será que não entende?

— E quem será o meu marido?

— Você vai se casar com um artista fracassado, viciado em bebida e jogo, egoísta, preguiçoso, misantropo, revoltado, chato, depressivo, pai ausente, marido infiel. Alguém como... adivinhe!

— Honorino! Alguém como eu era!

— Viu como tudo se encaixa? Sentiu a sutileza do humor Dele?

— Não! Casar com o Honorino, não! Nem o Honorino agüentou o Honorino! Por isso ele se matou! Eu vou passar por tudo o que eu fiz a minha viúva passar? A coitada da minha viúva?

— Agora você tem pena dela, não é? Guarde a sua pena para si mesmo. Aliás, para si mesma. A Honorina, sim, ao contrário do Honorino, será digna de pena.

— Honorina? Além de tudo, eu vou me chamar Honorina?

— A partir de amanhã, no final da tarde. É claro que, depois do seu nascimento, você esquecerá tudo o que aconteceu aqui e tudo o que você ouviu aqui, como ocorre com todos.

Honorino olhou, de cima a baixo, com desgosto indisfarçável, para o corpo deprimente da mulher que ele seria. Ela compreendeu o que ele pensava naquele instante e confirmou:

— Sim. Eu sou você amanhã – e, pela primeira vez, pareceu vê-lo com um sentimento próximo à simpatia, ou talvez piedade. Enquanto o levava até a porta, aconselhou: – Tire o resto do tempo aqui para relaxar um pouco. Dê um último passeio pelo Vale dos Suicidas, tome uns drinques no Cantinho da Fossa, leve uma daquelas carentes afetivas para a cama. E console-se pensando na alegria dos seus pais quando você chegar amanhã. Você será a primeira filha.

— Belos pais eles devem ser. Batizar a filha de Honorina...

Afastou-se, furioso com Deus e o mundo, enquanto, da porta, seu triste futuro dava-lhe um último conselho, banal e genérico:

— Juízo, Honorina.

"Que injustiça!" – pensava ele. – "Seria mais coerente se existisse um destino diferente, depois da morte, para cada pessoa, de acordo com seu dogma e suas convicções. Céu, purgatório ou inferno para os católicos. Reencarnação para os kardecistas e aqueles hindus vestidos com fraldas. E o nada para os ateus. Se eu não tive controle nenhum sobre a minha vida, pensei que teria controle, ao menos, sobre a minha morte. Nem isso!" E chegou à mesma conclusão amarga do personagem de um livro de Paulo Francis: "Eu não acredito em Deus, mas Ele acredita em mim o bastante para fazer da minha vida um tormento permanente".

Acabou seguindo o conselho de tomar uns drinques no Cantinho da Fossa e, talvez, levar uma suicida para a cama. Afinal, seria a última mulher que ele teria nos próximos 87 anos. Sentiu atração e foi logo correspondido por uma mulher de quarenta anos, ainda bela. Sentaram-se juntos e pediram bebidas.

— Você tem a aparência de quem já foi modelo – ele disse.

— E das mais bonitas – ela confirmou. – Enlouquecia os homens. Confesso que arruinei alguns casamentos. Levei muitos homens à falência com minhas extravagâncias. Gastava tudo numa vida luxuosa e em farras monumentais. Minhas fraquezas eram a bebida e o jogo. Meus amantes pagavam minhas dívidas. Mas, à medida que o tempo foi passando e minha beleza foi diminuindo, os homens foram se afastando. No fim, só sobraram vícios, dívidas e dois filhos bastardos para criar. Tentei ser artista, mas não deu certo. Não suportei a decadência. Me matei.

— E os seus filhos?

— Sei lá. Eu sempre fui desligada. Como disse aquela mulher esquisita: artista fracassada, viciada em jogo e bebida, egoísta, preguiçosa, mãe ausente, mulher infiel...

— Espera aí, espera aí. Que mulher esquisita?

— Aquela funcionária da Seção de Suicidas. Ela me mostrou a desgraça que será a minha vida na próxima encarnação. Vou voltar ao Brasil – eu, que sonhava ser parisiense. E serei homem. Um homem fracassado, casado com uma mulher horrorosa. Só de sadismo ela adotou, para me assustar, a aparência da minha futura esposa. Uma mocréia, um bucho, e ainda por cima com o nome de Honorina, pode?

Ela interrompeu a conversa, atônita com a expressão no rosto do homem à sua frente.

— O que foi? – perguntou, afinal. – Por que essa cara de raiva, de repente?

— Aquela mulher... – ele balbuciou. – Aquela mulher tem razão. Deus tem mesmo um senso de humor peculiar. Um senso de humor infernal! – Estalou uma formidável bofetada na ex-modelo, derrubando-a da cadeira. – Isso é pelo que você vai me fazer passar até os 87 anos, se eu não te matar ou me matar antes.

E Honorina foi embora, deixando pasmo, caído no chão, o seu futuro marido.

MINAS GERAIS, SÉCULO XX, ANOS 60

Nos anos sessenta do século passado, a onda era ser hippie. Os jovens, pelo menos os que você conseguia enxergar por trás da fumaça de maconha, pregavam paz, amor e desapego a tudo que cheirasse a capitalismo, inclusive sabonete.

Em Belo Horizonte, o Tuta e o Pipoca foram pioneiros do movimento. Até mesmo na capital, mais acostumada com os modernismos importados, eles causaram indignação nos adultos e inveja entre os jovens que ainda não tinham coragem para imitá-los. Chamavam a atenção, com seus longos cabelos caindo em miríades pelas costas, suas roupas floridas e de cores berrantes. O Tuta pintou o carro com desenhos psicodélicos, e, nas férias, ele e o Pipoca caíram na estrada, viajando pelo interior mineiro.

Nas cidades maiores do interior, os hippies já eram conhecidos, mas vistos assim, ao vivo e em cores de ofuscar os olhos, eram uma extravagância. Os mais velhos diziam que o mundo estava perdido, e os mais jovens bem que gostariam de se perder naquele mundo sem convenções nem limites impostos pelos adultos. Os dois hippies estavam conscientes e orgulhosos da sensação que causavam: admiração nos caras, azedume nos coroas. Uma brasa! – como se dizia na época.

No entanto, mesmo com todo o seu desprezo por rótulos e a sua despreocupação pela opinião de gente quadrada, quando Tuta e Pipoca chegaram a um município desses realmente pequenos e atrasados, prepararam-se para ter problemas com os matutos. Para surpresa de ambos, foram recebidos com alegria e hospitalidade. A meninada cercou o carro psicodélico e logo tudo virou uma grande travessura, com Tuta e Pipoca brincando de pega-pega, plantando bananeiras e dando cambalhotas. Quando, afinal, foram almoçar num restaurantezinho local, já tinham ganhado a amizade incondicional das crianças e a simpatia benevolente dos adultos. Era uma gente alegre e ingênua, que ria de qualquer besteira que Tuta e Pipoca diziam. Quando os dois hippies se despediram, todos mostraram-se decepcionados.

– Mas Tuta, Pipoca, ocêis já vão embora? Não vão ficar? – perguntou o dono do restaurante.

– Vamos pegar estrada – explicou Tuta.

– E o resto do pessoal?

– Que pessoal?

– Os outros artistas do circo! Ocêis não são os palhaços que vêm na frente, anunciando a chegada do circo?

Já na estrada, Tuta e Pipoca riram muito da trapalhada dos caipiras. Mas não foi um riso realmente espontâneo e sincero.

Nos quilômetros seguintes, os dois viajaram em silêncio. Pensando na vida.

***

Quando Juca foi com os pais passar uns dias na casa de parentes em Lafaiete, seu primo, Rafael, convidou-o para caçar passarinhos na mata, junto com sua turma. Presenteou-o com um bodoque, que ali chamavam de estilingue. Na capital, Juca manejava bem o bodoque, mas nunca contra pássaros nem bicho nenhum. Tinha dó.

E teve dó quando viu o primo Rafael e seus amigos abatendo aves de toda espécie, com orgulhosa destreza e raivosa alegria. Rafael usava, até mesmo, um boné no alto do qual havia, espetado com arame, um passarinho empalhado. Era o seu boné de caça, dizia ele. Juca, por seu lado, fingia mirar nas aves, mas desviava a pontaria no instante exato de lançar a pedra. Como sempre errava o alvo, passou a ser ele o alvo de zombaria e piadas do primo e sua turma. Afinal, enjoou da matança e disse a todos que não gostava de matar passarinhos, pronto.

Os meninos riram muito e apelidaram-no de Zureta, como eram chamados, na época, os doidos e aluados. E Juca ficou sendo o Zureta até o dia de ir embora de Lafaiete, levando para casa o bodoque sem nódoa de sangue.

Na estação de trem, Rafael, como provocação, usava seu boné de caça. Quando o trem partia, ele acenou:

– Tchau, Zureta! – e virou-se, rindo.

Juca pegou seu bodoque, tirou uma pedra que tinha no bolso, apontou para o passarinho empalhado no alto do boné do primo, mirou com todo o capricho e lançou com toda a força. Mas o destino tinha decidido que ele não iria apedrejar nenhum passarinho de Lafaiete. Errou o alvo e acertou em cheio a cabeça de Rafael, que, dizem, ficou meio zureta desde esse dia.

***

Esta é uma história de amor e fé. Um lavrador do lugarejo foi quem viu, pela primeira vez, a jovem Bernadete afastar-se, em êxtase místico, de uma gruta, tendo nos lábios um sorriso que ele mesmo adjetivou de "santificado". Abordada pelo campônio, Bernadete assustou-se e, saindo de seu transe celestial, sentiu medo de explicar o que ali fazia.

O fato, porém, repetiu-se, dessa vez testemunhado por uma velha amiga da família, família à qual já causavam espécie as inexplicáveis ausências da moça, que se viu, então, na necessidade de compartilhar sua bem-aventurança: ela via, na entrada da gruta, a Virgem Maria pedindo-lhe que orasse pela paz e contra os pecados do mundo.

A mãe levou a ditosa notícia ao padre Danilo, que não descartou a priori a hipótese de uma epifania, embora aconselhasse prudência e comedimento. Mas eis que o milagre correu de boca em boca, e muitos foram os romeiros que acorreram ao lugarejo em busca de socorro para suas aflições. Ajoelhada à entrada da gruta, Bernadete era a única cujos olhos eram abençoados pela visão da Virgem e cujos ouvidos eram agraciados pelas Suas palavras.

Avisada do milagre, a Igreja quis tirar a notícia a limpo. Enviou ao povoado um bispo para julgar a santidade e um médico para julgar a sanidade de Bernadete. E eis que, após acurados exames, o médico diagnosticou que a jovem não apresentava nenhuma evidência de desequilíbrio mental, mas apresentava evidências inequívocas de gravidez.

O bispo, com a autoridade delegada por Deus, impôs a Bernadete severo exame de consciência, após o qual a pobre moça lhe confessou que mantinha encontros amorosos dentro da gruta com o padre Danilo. O lavrador que a viu pela primeira vez saindo das imediações da gruta confundiu seu êxtase de satisfação sexual com êxtase de satisfação mística.

O bom padre Danilo assumiu seu amor por Bernadete e a paternidade do filho que ela esperava. Trocou os votos sacerdotais por votos matrimoniais, a pátena pela enxada e o rebanho de fiéis por um pequeno rebanho de vacas leiteiras. O céu o abençoou com seis filhos saudáveis e uma esposa a quem ele, esposo amantíssimo, chama de "minha santa". É duas vezes feliz, em sua felicidade temporal com Bernadete e atemporal por Deus, porque, como estava escrito, esta é uma história de amor e fé.

***

Em 1º de abril de 1964, os militares declararam-se vitoriosos. Depois, percebendo que a data poderia dar ensejo a piadas de gosto duvidoso, usaram seus superpoderes para conseguir o que só eles e o Super-Homem eram capazes:

fizeram o tempo no planeta Terra retroceder 24 horas, e o golpe passou a se chamar Revolução de 31 de Março.

Igor Vladimir era um comunista combativo, que, na época, fazia questão de alardear seu comunismo para a cidade inteira. Preso e levado ao quartel, com dez minutos no pau-de-arara já tinha denunciado até o pai e o avô, acusando-os de terem enfiado em sua cabeça, desde a infância, aquela merdalhada de Marx e Lênin, que só servia para afastar a juventude do caminho da justiça e da democracia, para onde a Revolução, se Deus quisesse, levaria o Brasil.

***

De repente, parecia que os Beatles tinham riscado um fósforo e tocado fogo no mundo, escreveu Fernando Sabino, que morava em Londres na época. O incêndio chegou até mesmo a Taiobeiras, onde João se deu ao desfrute de comprar uma guitarra e deixar o cabelo crescer muito além do que recomendavam a decência taiobeirense e a virilidade masculina.

João reuniu três outros rebeldes locais, que adotaram pseudônimos de Paulo, Jorge e Ringo. Juntos com João, os quatro cabeludos formaram os Taiobeatles. Para surpresa até deles próprios, o conjunto começou a receber convites para bailes e shows na região, num sucesso impulsionado mais pela beatlemania do que pelo talento musical dos Taiobeatles.

Mas a fama, mesmo em pequena escala, cobra um tributo de seus escolhidos, ainda mais de quatro provincianos despreparados para ela. João e Paulo travavam uma guerra freqüente e cada vez mais irascível de egos. Jorge achava que sua arte não era reconhecida nem aproveitada pelos parceiros. Só Ringo, irrelevante como era, conseguia enxergar a irrelevância da banda de Taiobeiras.

Os quatro artistas, como acontecia com uma freqüência suicida entre os roqueiros dos anos sessenta, mergulharam fundo nas drogas. Primeiro maconha, depois cocaína, tudo regado a muito álcool. Como não tinham a genialidade dos Beatles para compor suas canções, nem o dinheiro dos Beatles para sustentar seu vício, entraram em rápido declínio artístico e financeiro. Os Taiobeatles não chegaram a durar três anos, mas a agonia de seus músicos ainda duraria um bom tempo.

João mudou-se para o Rio de Janeiro, tentou sem sucesso a carreira solo e morreu assassinado por um vendedor de drogas a quem devia dinheiro. Jorge dedicou-se à busca da paz interior através de todos os caminhos esotéricos possíveis, do budismo ao Santo Daime, até cair num transe místico permanente que o levou ao manicômio de Barbacena. Ringo, depois de voltar ao ostracismo e ao seu verdadeiro nome de Ricardo, mudou-se para Belo Horizonte e tornou-se garçom na Lagoinha, zona boêmia do baixo meretrício. Quando demoliram a zona, sua saúde veio abaixo também, e ele foi enterrado como indigente.

Paulo foi o único que soube aproveitar o que restou de sua popularidade na região. Candidatou-se e venceu eleições para vereador e depois deputado estadual em três mandatos. Acumulou uma fortuna incompatível com seus estipêndios parlamentares. Mas, como estamos no Brasil e não na Inglaterra, ele recebeu recentemente uma Medalha do Mérito da Inconfidência.

***

Coronel Bertoldo era remanescente daqueles coronéis à moda antiga, temido e obedecido em toda a região, apesar de afirmar que era de paz: "Eu sou um homem sem inimigos. Os que eu tinha, morreram".

O bom coronel tinha um fraco especial por crianças, fossem os netos, fossem os filhos da peãozada que trabalhava na fazenda. No Natal, com seu capataz Gaudêncio de chofer, levava a caminhonete a Belo Horizonte e voltava com ela carregada de presentes. A alegria da meninada com os brinquedos era a maior alegria do seu Natal, dizia ele, com os olhos molhados.

Naquele Natal, a moda era o bambolê. Embora ninguém conhecesse o brinquedo, não se falava em outra coisa, e toda criança queria ter um. Na viagem com Gaudêncio a Belo Horizonte para as compras natalinas, até o coronel Bertoldo estava curioso sobre o tal bambolê.

Quando viu aquele velho de terno, anel de rubi e aparência próspera entrando em sua loja de brinquedos, o próprio gerente se antecipou aos empregados e quis atendê-lo pessoalmente, farejando ali uma venda de muitos algarismos. O coronel Bertoldo pediu que lhe mostrasse os bambolês, e logo o comerciante voltava com o corpo miúdo ornamentado por círculos de todas as cores. O velho olhou, incrédulo, para o gerente, pegou um dos bambolês, olhou para Gaudêncio, olhou para o bambolê e depois outra vez, ainda incrédulo, para o gerente.

– Eu acho que o amigo entendeu mal – e, embora o comerciante não soubesse, aquilo era um perigoso aviso. – Eu quero bambolê. O que o amigo me trouxe aí é uma roda de plástico colorida, sem serventia nenhuma. Que divertimento uma criança vai achar numa porcaria dessa?

– Mas toda criança adora! – argumentou o gerente. – É a sensação do momento!

Sensação do momento? Aquele homenzinho, aparentemente, não sabia com quem estava lidando.

– Que linguagem é essa? Que desrespeito é esse? O senhor acha que só porque é da cidade e eu sou da roça pode me fazer de bobo? Acha que está tratando com algum moleque?

Dois empregados da loja deram um passo à frente na direção do coronel Bertoldo. Gaudêncio deu dois passos à frente na direção dos empregados. Os empregados deram três passos para trás.

– Não é desrespeito nenhum, eu juro! – o gerente agora estava amedrontado. – Olha, eu vou pedir ao meu funcionário para mostrar ao senhor como é que o bambolê funciona.

— Funcionário uma merda! O senhor é que está me atendendo! Eu sou o coronel Bertoldo, não trato com subalterno!

O gerente percebeu que a única saída para a enrascada em que se metera seria ele mesmo fazer uma demonstração prática da sensação do momento. Escolheu um bambolê amarelo, ajeitou-o no meio da cintura e, para pasmo do coronel Bertoldo e de Gaudêncio, começou a requebrar os quadris! O fazendeiro e o capataz olharam-se, pensando a mesma coisa: ou o sujeito era afrescalhado ou zureta de hospício.

As primeiras tentativas do gerente não foram bem-sucedidas. O bambolê deslizava frouxamente da cintura pelas pernas até pousar no chão, ainda girando numa última agonia. Por fim, ele concluiu que assim não dava. Ou ele fazia a pinóia girar pra valer ou era melhor desistir da venda e, talvez, ainda levar uns cascudos do velho enfezado e de seu gigantesco guarda-costas. Aqueles dois iam ver o que era girar um bambolê! Ajeitou bem o arco, calculou a simetria do movimento e foi em frente.

Agora mesmo é que o coronel Bertoldo e Gaudêncio mal acreditavam no que viam. O homenzinho havia perdido todo o recato! Rodopiava freneticamente os quadris, rebolando mais do que Virgínia Lane, vedete famosa da época. Fregueses que estavam na loja e outros que entravam pararam para acompanhar o espetáculo fulgurante. O bambolê amarelo girava doidamente nos quadris magros do comerciante, faiscando em movimentos mais rápidos do que a vista conseguia acompanhar.

Quando a falta de fôlego não lhe permitiu mais um rebolado sequer, o gerente segurou o bambolê e, com o rosto vermelho, suado e vitorioso, voltou-se para o coronel:

— O senhor viu? O senhor viu?

O velho ainda olhava, fascinado, feito um... feito um menino. Sua resposta acabou sendo um aplauso longo e caloroso, acompanhado por todos os que estavam na loja.

As crianças da fazenda se lembrariam para sempre daquele Natal de 1960. Porque nunca antes a caminhonete do coronel

Bertoldo levara para elas um carregamento tão grande de brinquedos de todos os tipos, principalmente bambolês.

***

Nos anos sessenta, no interior mineiro (e em bairros de classe média da capital), virgindade era um tesouro a ser preservado por toda moça que quisesse um bom casamento. Aliás, se não era virgem, não era moça – era mulher. Havia essa distinção surrealista. Uma virgem de trinta anos era moça. Uma moça de quinze anos que tivesse perdido a virgindade era mulher. Estava estigmatizada. Não conseguiria casar-se com rapaz sério, bom-partido.

Mulher de respeito não entrava sozinha em bar à noite. Se ela precisasse comprar uma caixa de fósforos, o dono do estabelecimento ia atendê-la na porta. Ouvia seu pedido, levava o dinheiro e voltava com a caixa de fósforos junto com o troco. Os homens que bebiam, a não ser que conhecessem a mulher (caso em que a cumprimentariam discretamente), evitavam olhar para ela (seria embaraçoso para a coitada), abaixavam o tom da conversa (não era cortês falar alto com uma dama por perto) e, se alguém dissesse um palavrão naquele momento, seria expulso do bar, do bairro e (dependendo do palavrão) da cidade.

É por isso que ninguém entendeu aquela jovem loura de vinte anos, linda, que apareceu sozinha (uma moça viajando sozinha!) na pequena cidade. Era alemã, mas falava português o bastante para fazer-se entender. Chamava-se Sonja. Instalou-se na pousada, de onde saía de manhã e de tarde com seus apetrechos de pintura, voltando só ao pôr-do-sol. À noite, ia para algum bar local, onde bebia, fumava, conversava com os homens e até se sentava à mesa com eles. Os homens achavam que isso devia ser um hábito estrangeiro exótico, talvez na Alemanha as mulheres agissem assim.

Sonja acabou namorando Adelson, o Dedé. Todos acharam a escolha natural. Dedé era o galã da cidade, além de ser rapaz inteligente, ajuizado e respeitador, digno de honrar o bom nome do município junto a qualquer moça européia.

Os dois eram vistos de mãos dadas por toda a cidade. Dedé já posara para várias pinturas de Sonja. Apostava-se que dali sairia casamento. E Dedé não queria outra coisa. Estava apaixonado. Queria compromisso sério. Queria filhos. Queria Sonja.

Não teve nada disso. Um dia, sem se despedir de ninguém, Sonja partiu. O que houve? – perguntaram os amigos a Dedé. Os dois brigaram? Ela deu o fora nele? Ele deu o fora nela? Ela não gostava mais dele? Ele não gostava mais dela?

Nada disso, explicou Dedé. Ele confessara a Sonja sua paixão. Ela disse que também estava apaixonada por ele. Mas não queria se ligar definitivamente a ninguém, por enquanto. Não queria casamento. Poderiam ser amantes. Faria amor com ele quando ele quisesse, mas sem compromisso. Assim mesmo, sem ficar vermelha: daria para ele quando ele quisesse, mas sem compromisso.

E ele, o bobo, completamente apaixonado! Pensando em casar! Constituir família! Imagine! O dia em que ele quisesse mulher assim, procurava na zona!

***

Os quatro campeões da testosterona, com idade entre 14 e 15 anos, assoviaram para a linda e fogosa Simone. Era desrespeito paquerar uma mulher abertamente, em plena rua e à luz do dia, mas eles sabiam que Simone, com 23 anos, já tivera casos com muitos homens, um deles até casado! Sentiam-se, portanto, no direito e no dever de possuí-la também. Só não contavam com a reação fulminante e inesperada que ela teve: topou. E seria naquela mesma noite. No mato, junto ao riacho. Ela daria para todos os quatro.

Na hora marcada, quando chegaram ao local, Simone já estava lá. Ela escolheu uma clareira no mato, despiu-se, forrou a grama com a própria roupa e colocou-se à disposição.

Os guerreiros do sexo tiraram a sorte no palitinho para ver quem teria a responsabilidade da primeira arremetida. O vencedor, assustado e intimidado, entrou na clareira e, depois de meia hora de combate, saiu como entrara: virgem. O segundo caminhou para a clareira, onde Simone o esperava, como um condenado caminha pelo corredor da morte em direção à cadeira elétrica. Os dois que iriam a seguir cochichavam entre si, amaldiçoando não terem trazido uma revista de sacanagem do Carlos Zéfiro para excitá-los.

O segundo herói saiu do mato com o corpo molhado, como se estivesse nadando no riacho ali perto. Não valia a pena inventar façanhas, a própria Simone o desmentiria. Como o primeiro deles, voltava igualmente derrotado, igualmente virgem, igualmente abandonado por Deus no momento de maior necessidade.

Francamente apavorado, o terceiro campeão avaliou que talvez fosse melhor adiar o combate, já que aquela não parecia ser a noite deles. O quarto campeão concordou imediatamente, mas os dois primeiros não quiseram nem saber: será que as duas bichinhas estavam com medo? Eles haviam perdido a batalha por afobação, excesso de tesão, mas agora os outros dois podiam ir com calma – a adversária já estava vencida, cansada de tanto amasso, não havia o que temer. Foram interrompidos pela voz de Simone:

— Como é que é? Eu não tenho a noite toda – o tom sarcástico, desafiador.

Era o golpe de misericórdia que faltava no adversário moralmente vencido. O terceiro soldado foi para a luta já com a lança partida. Ouviram-no bufar, imprecar, grunhir, gemer, blasfemar, até que esse chorrilho desesperado foi demais para os nervos do quarto guerreiro, que desertou do campo de batalha, em fuga infamante.

Na tarde seguinte, os quatro campeões da testosterona, reunidos na esquina de sempre, cismavam a derrota incomparável e analisavam suas prováveis causas e possíveis conseqüências. A conseqüência mais temida era a de que as mulheres, assim como os homens, contassem suas aventuras sexuais umas para as outras. Se isso acontecesse, seria o caso de mudarem de bairro.

Interromperam a discussão quando viram Simone. Ela passou por eles e sorriu. Cada um deles tentou calcular a dose exata de deboche que haveria naquele sorriso e o que ela estaria pensando.

O que Simone estava pensando é que tudo havia saído conforme o planejado. Ela, a galinha do bairro, tinha derrotado, na rinha em que era campeã, os quatro ridículos franguinhos metidos a galos de briga. E nunca mais seria importunada na rua por nenhum deles.

***

Roberto, Erasmo e os artistas da Jovem Guarda faziam uma festa de arromba (*rave*, em português de hoje). O calhambeque, popularizado pela música do mesmo nome cantada por Roberto, era o símbolo do movimento.

O publicitário Carlito Maia, numa tacada de mestre, criou a primeira grande estratégia brasileira de marketing em larga escala, reunindo um grupo de artistas (a Jovem Guarda, com Roberto Carlos à frente) e popularizando uma marca (o calhambeque) que mostraria um poder de vendas até então inédito, utilizado nos mais variados produtos de apelo infanto-juvenil. Um apelo de consumo que só a Xuxa teria, décadas depois.

Em 1966, meus dois sonhos de consumidor eram a botinha da Jovem Guarda, igual à que o Roberto Carlos usava, e um kit do Zorro, que incluía máscara, capa, espada e revólver.

O contracheque paterno só era suficiente para um dos dois e, numa situação assim, qualquer menino responsável, combatente do crime, defensor dos fracos e dos oprimidos, fica com o Zorro e quer que tudo o mais vá pro inferno.

O DIABO DÁ UM JEITO

Tânia nunca perdoou a irmã, Kênia, por ter-lhe roubado o Bronha. Sentiu-se feliz quando o Bronha deu o fora em Kênia, mas ainda era pouco. Queria pagar na mesma moeda. Só assim sua vingança seria completa. "Deixa estar", pensou ela. "Como diz a letra do rap, no Céu a justiça divina espera as pessoas morrerem, mas na Terra o Diabo dá um jeito de fazer as coisas acontecerem".

Daí em diante, todas as decepções e más escolhas amorosas de Kênia eram uma alegria para Tânia. Foi grande, portanto, sua satisfação quando os pais descobriram que Kênia estava apaixonada por um homem casado, com filhos, quase vinte anos mais velho que ela e, pior de tudo, pobre. Tonico. Bombeiro hidráulico.

Ricos, instruídos, cosmopolitas, os pais sempre haviam dado liberdade às filhas, sem limitar nem sufocar sua criatividade, suas aspirações, sua independência, seu potencial. Estimulavam ao máximo a competitividade das duas moças, porque o mundo que enfrentariam no futuro seria um mundo altamente competitivo. Agora, no entanto, o momento era de impor limites.

Kênia disse a eles que tinha dezenove anos, era maior de idade e ninguém seria capaz de afastá-la de Tonico, que até estava se separando da mulher para ficar com ela. O pai, pela primeira vez na vida, ameaçou bater em Kênia, mas, apesar do apoio entusiástico de Tânia, foi contido pela mãe e abaixou o braço, horrorizado com o próprio descontrole emocional.

Não era assim que resolveriam o problema, disse a esposa a sós com o marido. Aquilo era rebeldia típica da idade, da efervescência de hormônios, da necessidade de negar a autoridade paterna e as convenções da sociedade. Aliás, Melaine Klein já dissera – e Piaget confirmara – que patati, patatá. Depois de muitas considerações psicológicas e pedagógicas, marido e mulher chegaram à mesma conclusão: era só uma inconseqüência juvenil, natural e passageira. O tempo faria Kênia desistir de um namoro tão abaixo do seu nível social e intelectual.

Mas Kênia não só não desistiu como ainda pregou um susto em Tânia quando ela entrou em casa numa tarde e deu de cara com um bombeiro hidráulico na sala, de macacão e caixa de ferramentas. Só podia ser o Tonico. Estava sozinho.

– Como você entrou aqui? – perguntou Tânia.

Ele mostrou as chaves do portão e da porta da frente. Então é isso, pensou Tânia. Kênia havia tirado cópia das chaves para o amante. Com certeza, para recebê-lo de madrugada, quando todos dormissem. Que desaforo! Que depravação! Mas Kênia não perdia por esperar...

– Você é o Toni... o Antônio? O bombeiro hidráulico?

– Sou, sim, moça.

Tânia sorriu. Um sorriso tão insinuante e sensual como é possível numa moça de dezessete anos que tenta ser insinuante e sensual. A hora da vingança tinha chegado antes do que ela esperava. Seduzir aquele homem de barba por fazer, suado, musculoso, vinte anos mais velho, namorado da irmã, era tão sórdido quanto excitante. Surpreso, ele não opôs resistência. Aceitou-a, desfrutou-a e, quando terminaram, prometeu, sem hesitação, encerrar qualquer relacionamento com outras mulheres para ser só dela dali pra frente.

Ouviram a campainha. O bombeiro disse, enquanto se vestiam rapidamente:

— Tenho que correr pro batente, senão sua mãe me dá um esbrega. Você pode abrir o portão pra ela entrar, faz favor? Ela teve que sair e deixou as chaves comigo, enquanto eu consertava o encanamento da cozinha, que está entupido.

— Espera aí, meu bem — Tânia estranhou. — Você não é o Tonico? O namorado da Kênia?

— Não conheço Kênia nenhuma. Não precisa ficar com ciúme. Meu nome é Antônio, mas ninguém me chama de Tonico. Você pode me chamar assim se quiser, meu amorzinho.

E correu para a cozinha, com sua caixa de ferramentas. Tânia abriu o portão para a mãe. Lívida. Da sala, ouviu a conversa na cozinha:

— Então, Antônio? Esse entupimento está difícil de consertar? — perguntou a mãe.

— Nada. Pobreminha fácil, dona.

"Mais fácil ainda foi desentupir o encanamento da sua filha", pensou ele. E registrou mentalmente aquele pensamento espirituoso e sutil para contá-lo aos amigos no bar.

Terminou seu serviço e, ao sair, lançou para Tânia uma piscadela de estourar a córnea.

Agora os pais não sabem o que fazer. Antônio telefona o tempo todo e já até apareceu na casa, com um ramalhete de rosas vermelhas e um terno flamejante. Pôs todos a par do relacionamento entre ele e Tânia, e ela não teve como negar. Nem quis. Seria dar o braço a torcer, confessando o tamanho e a patetice do engano que cometera. Não agüentaria o vexame diante da família e o deboche impiedoso de Kênia.

Aliás, Tânia prefere Kênia do jeito que está agora: furiosa, ultrajada, acusando-a de invejosa, suja e vingativa.

— Por que, vocês me respondam — grita Kênia —, por que, entre tantos homens diferentes, Tânia foi escolher um igualzinho ao meu? Bombeiro hidráulico, vinte anos mais velho, casado, com filhos e até – olha o cúmulo da coincidência! – com o mesmo nome?

E jura, ardorosamente:

– Se ela fez isso pensando que me passou para trás, pode esquecer. Não largo o Tonico por nada deste mundo.

Virou questão de honra: nenhuma das duas termina o namoro. Uma não admite dar esta satisfação à outra. Vão até o fim, provando que Tânia, no fim das contas, tinha razão: o Diabo sempre dá um jeito de fazer as coisas acontecerem.

Os pais estão numa sinuca. Mês que vem é o aniversário de dezoito anos de Tânia. Eles estão organizando uma grande festa no Automóvel Clube. Amigos queridos, famílias ilustres e jornalistas famosos confirmaram presença. As filhas estão excitadas. Mas os pais perdem todo o entusiasmo quando imaginam com que cara vão apresentar Antônio e Tonico aos convidados.

O PESCADOR

– Tu és Pedro?

– Sou, sim senhor. Simão Pedro de Oliveira.

– Eu sou Jesus.

– Muito prazer.

– O prazer é meu. Vejo que és pescador.

– Sou. Mas com o *Véio Chico* cada vez mais poluído, mais assoreado, ando até pensando em mudar de profissão.

– Sim. O São Francisco. Que belo nome vós destes a este rio! Aquele sim, entendeu meus ensinamentos. Mas dizias que queres mudar de profissão...

– Criar família com o que eu ganho é um milagre de Deus.

– Eu sei.

– O problema é que eu não aprendi a fazer outra coisa na vida.

– Sabes mais do que imaginas. E o que não sabes, eu te ensinarei. Vim mesmo te propor que mudes o rumo de tua vida, Simão Pedro. Como um pescador como tu, teu antepassado, fez há dois mil anos.

– Mudar?

– Sim. Mudarás tua vida e me ajudarás a mudar a Humanidade. Trazer de volta a palavra de Deus, que foi esquecida por uma parte dos homens e mal interpretada por outra.

— Não sou muito bom de palavrear com os outros, mas se a proposta for boa...

— Que entendes por proposta boa? Tens proposta melhor do que servir a Deus?

— Meu tio me convidou pra tocar um bar junto com ele em Belo Horizonte. Não gosto de cidade grande, mas deve ser melhor do que viver de pesca.

— Teu destino é outro. Tu serás um pescador de homens.

— Pescador de homens? Pensando bem, acho que vou continuar com meus peixes mesmo.

— Tu não entendes, Pedro? Eu voltei para trazer a segunda chance de salvação para a Humanidade.

— Voltou de onde? Eu nunca te vi por essas bandas. E olha que eu nasci e sempre vivi em Pirapora.

— Sou de Nazaré.

— Nazaré das Farinhas, na Bahia?

— Não. Eu vim da casa de meu Pai.

— Quem é seu pai?

— Meu Pai está no céu.

— Ah, já morreu. O meu também, quando eu era criança. Cresci e vivi pescando no São Francisco. Depois casei com Jovelina e hoje tenho três bacorinhos. Máicon, Wellerson e Jennifer.

— Eu sei.

— Sabe? Então também deve saber que sustentar mulher e três filhos com esse custo de vida não é brincadeira. Qual é o salário que o senhor tá pagando? E que história é essa de pescador de homens? Se for venda de carnê, não me interessa.

— Tu não irás vender nada. Pelo contrário, me ajudarás a lutar contra os vendilhões do templo.

— Ah, já vi tudo! Tem política no meio. É trem de comunismo, não é? Eu já devia ter desconfiado, por essa barba.

– Não, Pedro. O comunismo é ateu. E tu serás um instrumento de Deus. Percorrerás as estradas a meu lado, pregando a verdade.

– Se for pra vender Bíblia, também não quero.

– A verdade sairá de tua boca. O Espírito Santo falará através de ti. Quero que abandones tudo e siga-me.

– Aonde?

– Aonde o Pai nos enviar.

– Mas seu pai não tá morto?

– Eu disse que Ele está no céu, não disse que Ele morreu.

– Quem é seu pai?

– Meu Pai é o Criador.

– Fazendeiro, então. Pecuarista. Bão, deixar peixe pra cuidar de boi pode ser vantajoso.

– Pedro, tu não estás me entendendo. Eu sou Jesus. Tu serás meu apóstolo. Não tenho fortuna para te oferecer na Terra, mas te ofereço a glória no Paraíso.

– Ah, é? E quem cuida da minha família?

– A Providência Divina.

– Isso ela já faz. Se dependesse só do que eu ganho, a gente já teria morrido de fome.

– Meu Pai cuidará de tua família.

– Enquanto a gente viaja de carro pra lá e pra cá, eu deixo minha família com seu pai, que eu nem conheço?

– Eu não tenho carro.

– E como é que nós vamos viajar?

– Palmilhando o pó da estrada com nossas sandálias.

– Tem graça. Filho de pecuarista que não tem nem carro. Já vi tudo. Seu pai deve ter umas vinte ou trinta cabeças de gado.

– O rebanho de meu Pai é outro. Ele se refere a vós como Suas ovelhas.

— Ah, bom. Aí é diferente. Criar ovelhas deve ser um bom negócio. Mas o bar do meu tio talvez seja melhor. Como é que eu posso saber? O senhor parece gente boa, mas meu tio é um santo!

— Farei como fiz há dois mil anos. Vou dar-te um sinal.

— De quanto?

— Um sinal de meus poderes divinos, Pedro. Lança tua rede ao rio!

— Já desisti de pescar por hoje.

— Como esperas alimentar tua prole se não te esforças na labuta?

— Tá, tá. Sem sermão. Vou com o barco até aquele ponto ali, que é mais fundo. O senhor vem junto?

— Caminharei sobre as águas.

— Aí nesse pedaço rasinho, até eu. Só tem areia.

— Joga tua rede, Simão Pedro.

— Pronto, joguei.

— Agora olha o fruto de teu labor.

— Meu Jesus! De onde tá vindo tanto peixe? Piau, lambari, bagre, mandi, pintado... Até peixe que não tem mais por aqui... Dourado, tucunaré... E só peixão! Óia só este dourado, deve ter mais de vinte quilos! Parece milagre.

— É um milagre, Pedro.

— É peixe demais. Poxa! Peraí! Peraí! Chega! Muito peso! O barco vai virar!

— Pedro!

— Puta merda! Virou! E pra completar o desastre, lá vem meu irmão. Vai debochar de mim, quer ver?

— Uai, Pedro, o que é isso? Pescou tanto que virou o barco?

— Isso mesmo, André, isso mesmo. Pára de rir e vem cá me ajudar.

— Já tô chegando. Quem é o cabeludo ali, caminhando na parte rasa?

— Jesus. O pai tem um rebanho de ovelhas. Ele quer que eu trabalhe pra ele mais o velho.

— Ovelhas, é? Ele parece mais um hippie.

— Pedro. Queres tentar novamente, lançando outra vez tua rede ao rio?

— Não, seu Jesus. Obrigado, mas chega de milagre por hoje.

— Seja como quiseres.

— Seu Jesus, este é o meu irmão, André.

— Eu bem o sei. André também será meu apóstolo. Vós sereis ambos grandes obreiros nas vinhas do Senhor.

— Vinhas? Além da criação de ovelhas, o senhor também planta uva?

— Eu não planto uvas. Eu semeio a palavra divina, anunciando o alvorecer de uma nova era. A Humanidade colherá o fruto de minhas palavras.

— Ih! É hippie mesmo. E andou fumando maconha.

— Cala a boca, André. Já tá anoitecendo e eu tô com fome. Vamos jantar lá em casa. O senhor também é meu convidado, seu Jesus.

— Aquele que abre a porta de sua casa para mim, terá um lugar comigo no Céu para todo o sempre.

— Essa erva é forte.

— Vamos comer. Sobraram esses peixes que eu tinha pescado antes de Jesus aparecer.

— É só isso que você conseguiu pegar hoje, Pedro? Sete bagres e dois surubins?

— Só isso, André. Mas precisava ver o tamanho dos que escaparam!

A TURMA DO ANDAR DE BAIXO

É preciso levar em conta que o casal era paulista e pouco afeito aos mistérios de Minas Gerais. Eram ambos jornalistas, principiantes e entusiasmados, jovens e ávidos em firmar seu nome na profissão, da maneira mais límpida e honesta: publicando notícias sensacionais e (por que não?) sendo eles mesmos notícia por isso. Nada mais simples, nada mais justo. Vamos chamá-los de Eduardo e Mônica, tal como o simpático casal da música de Renato Russo.

Dias antes de entrar em férias, Eduardo e Mônica papearam, num bar, com um colaborador do caderno de Ciências do jornal, ufólogo diletante, que comentou sobre uma cidadezinha mineira onde OVNIS eram vistos com escandalosa freqüência. Ele sugerira ao editor que enviasse um repórter e um fotógrafo à cidade, que, a bem dizer, era pouco mais que uma aldeia. O editor declarou que disco voador tinha parado de vender jornal havia muito tempo. Além disso, assistira, na noite passada, a um filme horroroso sobre extraterrestres chamado "Sinais", e não queria saber do assunto durante os próximos dez anos-luz. O jornalista de Ciências, já bastante avançado em suas libações etílicas, citou o nome da cidade a Eduardo e Mônica, o qual omitiremos aqui para evitar hordas de curiosos que fatalmente afluiriam ao local, quebrando a centenária paz de seus munícipes. E também porque, como diz nosso poeta maior, há segredos que o mineiro não revela nem a si mesmo. Chamá-la-emos, portanto, Alcalá, porque é nome belo, sonoro e, ainda que assim não fosse, é nome da cidade natal de Miguel de Cervantes.

Eduardo e Mônica alvitraram, pois, aproveitar as férias para conhecer Alcalá, pesquisar o fenômeno e perquerir, com tato, seus cidadãos, que eles previam discretos e esquivos. Depois de duas semanas do que o cosmopolita casal chamava de *um tour pelas cidades históricas*, finalmente tomaram o rumo da aldeia onde fariam contato com os alcalaenses ou – quem sabe?– contatos de terceiro grau com ETs. Conversavam sobre isso com derrisão, envergonhados de admitir entre si uma esperança que crescia um pouquinho a cada quilômetro.

A maior parte da estrada para Alcalá era de terra, difícil e acidentado caminho, juncado de buracos traiçoeiros. Mas Eduardo e Mônica eram bons motoristas. Dizem que todos os paulistas o são, em conseqüência de seu acerado amor por veículos motorizados. Além do mais, as estradas ruins eram largamente compensadas pelo fascínio de paisagens cambiantes, ora ásperas, quase inóspitas e, quilômetros adiante, catitas como moça em dia de festa. Confrangiam-se ante lugarejos miserandos e, de repente, maravilhavam-se com regatos e bosquejos que a abstrusidade dos guias de viagem nem sequer mencionava. E, naquela alternância de paragens e estados de espírito, finalmente chegaram a Alcalá, olhados com curiosidade sonsa pela meia dúzia de cidadãos que estavam nas ruas. Embicaram pela rua central, que começava numa capela, terminava numa praça e parecia ser a única pavimentada do lugarejo. Obviamente, não havia nada parecido com um hotel, mas uma placa desbotada indicava uma pensão. Ou melhor, uma "penção", o que não causava bom presságio sobre o estabelecimento. A abulia dos funcionários também prenunciava uma consternadora qualidade dos serviços. Mas, como lembrou Mônica a Eduardo na recepção, a partir daquele instante eles estavam ali para trabalhar, e as férias terminavam de vez.

Começaram tentando coonestar o gerente, apresentando-se como jornalistas a passeio, impressionados com a beleza da região, que bem merecia uma reportagem para o Caderno de Turismo do seu jornal. Naturalmente, uma reportagem assim atrairia muitos visitantes para aquela cidadezinha tão linda, o que seria bom para o faturamento da pensão, o amigo não achava? O amigo achava. Ainda mais um jornal como o que eles trabalhavam, lido no país inteiro, o amigo imaginava só como Alcalá ficaria famosa? O amigo imaginava. Aliás, qual era mesmo o nome do amigo? Edvaldo, para lhes servir.

– Pois é isso, Edvaldo. Imagine quantos paulistas como nós estão atrás de um lugar isolado assim, longe da poluição, da balbúrdia...

– Bal... quê?

– Longe da confusão, do barulho, da violência. Um lugar tão calmo e tão lindo! É ou não é?

– É. O senhor e a senhora querem ver o seu quarto?

Eduardo compreendeu que estava se exaltando demais para os padrões do discreto Edvaldo. O melhor seria desencavar assuntos pertinentes à verdadeira reportagem usando matreirice mineira, entre uma platitude e outra, como quem debica desinteressadamente um prato insosso. Como bons repórteres, Eduardo e Mônica anotavam acuradamente os lugares, as pessoas, as impressões e os acontecimentos. Essas anotações foram encontradas, posteriormente, no quarto que eles ocuparam. Eis a transcrição de algumas:

• Sobre a pensão: *apenas um banheiro masculino e outro feminino para todos os hóspedes e funcionários. Felizmente, somos apenas sete. Criam galinhas no quintal e essa parece ser a única carne que comeremos aqui. Asseio e roupas limpas. Funcionários enlouquecedoramente tranqüilos e alheios. Nenhum televisor ou jornais. Estamos ilhados. Um penico debaixo da cama, que Eduardo insiste em usar para urinar, apesar dos meus protestos.*

- Sobre a cidade: *em menos de meia hora, percorremos todas as ruas e vimos todas as casas centrais. Cercanias aprazíveis. No campo, métodos rudimentares de trabalho, feito no muque ou com tração animal. Não vimos trator nenhum. Apesar disso, há belas plantações.*

- Sobre as pessoas: *depois de saber quem somos, já não nos olham desconfiados como no início. Povo estranhamente saudável para um lugar tão pobre. O melhor local para conversar é na praça ou no bar da praça. Alguns nos mostraram os, digamos assim, pontos turísticos do lugarejo. Ofereci gorjeta a um desses guias, mas ele recusou, perceptivelmente ofendido.*

- Primeira novidade: *alguns alcalaenses conversando no bar da praça, já com a língua meio solta pela cachaça, falaram sobre astronautas e astronomia, o que, convenhamos, não é papo de matuto. Riram, matreiros, quando notaram nossa atenção.*

- Sobre estratégias de abordagem: *Mônica e eu estamos pensando num meio de extrair informações. Ensaiamos, de gaiatice, usar o charme de Mônica, que parece perturbar esses provincianos. Mas sabemos que seria inútil: eles são acessíveis, mas extremamente respeitosos.*

- A hora do espanto: *uma noite, no bar da praça, Mônica teve um insight e, simplesmente, perguntou a uma roda de fregueses: "Como é? Esses astronautas chegam ou não chegam?" Um deles respondeu, sem nenhuma afetação: "Eles já tão aqui, moça." Quisemos mais informações, mas eles disseram que "isso é assunto do Vitalino", pagaram e foram embora.*

Essas anotações, junto com outras sobre seu passeio por Minas Gerais e o objetivo de sua estadia em Alcalá, ajudaram-nos a remontar facilmente os passos e a história de Eduardo e Mônica antes de sua partida deste mundo. Apenas dois dias antes da partida, Eduardo estava no terraço da pensão com um pequeno telescópio, olhando as estrelas e comentando com Mônica:

— Morando em São Paulo, com aquela poluição dos diabos, a gente esquece como o céu é estrelado. Que maravilha!

— Maravilha maior, só se você visse um disco voador nesse telescópio.

— Os caipiras disseram que eles estão aqui. Amanhã nós vamos procurar o tal Vitalino. O Edvaldo, com certeza, conhece o homem. E por falar em Edvaldo...

Na calçada, em frente à pensão, Edvaldo conversava com um homem de menos de trinta anos, músculos talhados pelo trabalho na enxada, jeito plácido e confiante. Edvaldo apontou para a janela do quarto que o casal ocupava. O homem concordou com a cabeça, apertou a mão de Edvaldo e afastou-se, assoviando uma modinha sertaneja. Mônica resolveu dissipar de vez aquela nebulosidade irritante e desceu, esbaforida, até a recepção, quase gritando:

— Edvaldo, precisamos conversar com o Vitalino. Você o conhece, não é? — Edvaldo pareceu achar graça na impetuosidade trêfega da moça. — Você nos apresenta a ele, Edvaldo?

— É craro. Vitalino tava aqui nesse instante, perguntando por ocêis. Quer apresentar ocêis aos astronautas amanhã de manhã.

Seria preciso dizer que aquela foi a noite mais longa da vida de Eduardo e Mônica? Que, cada vez que um conseguia dormir meia hora, despertava de repente, via o outro acordado e reatava a conversa no ponto exato em que tinham parado? Que arquitetavam as mais descabeladas hipóteses sobre os astronautas, sua aparência, seu idioma, seus objetivos na Terra? E que se colocavam a todo momento uma questão inquietante: seriam mesmo confrontados com seres de outro planeta ou com uma formidável peta daqueles campônios astutos e insidiosos?

A manhã recebeu-os com uma claridade quase estonteante. Mal conseguiram engolir um pedaço de broa de milho e um copo de café com leite, sob o olhar complacente de Edvaldo, que avisou, assim que terminaram:

— Vitalino tá aí fora com Messias. Trouxe dois cavalos procêis.

Messias era um latagão de aparência tão calma e imponente como a de Vitalino e, pela extrema semelhança física e idade aparente, deviam ser irmãos. Ambos tiraram o chapéu e cumprimentaram o casal. Vitalino perguntou a Edvaldo:

— Cadê Matusa?

— Tá com o padre Jonas, gastando seu latim. Aqueles dois, quando garra a prosear...

Os alcalaenses riram e depois os quatro partiram a cavalo. Eduardo levava uma máquina fotográfica, e Mônica, um gravador, além de canetas e blocos de anotações. Mônica pensou em perguntar quem era Matusa, mas desistiu. Eduardo comentou que estavam havia nove dias na cidade e nunca tinham visto o padre Jonas. Vitalino explicou que o padre era muito idoso e estava de cama com reumatismo e artrite, mas Matusa curaria o velho num instante.

— Adispois vão ficar naquela leréia em latim que só eles entende. Vai nessa toada inté Matusa viajá pro espaço junto com os outro astronauta.

Mônica teve um arrepio e uma quase certeza: aquele homem não estava brincando. Calou-se. Qualquer coisa que dissesse pareceria idiota diante do momento insólito que vivia. Que lugar era Alcalá? Chamava-se extraterrestres de astronautas! Citava-se o nome de um deles, Matusa, com uma familiaridade humilhante para quem era de fora! Falava-se deles com a naturalidade de quem fala sobre o vizinho do lado! Outro problema inquietava Mônica:

— Nós vamos entender o que os... astronautas... dizem?

— Tão craro como ocê me entende! Nóis, de Alcalá, é que ensinemo portuguêis pra eles. Meu trisavô e fundador da cidade, coroné Germano, foi o professor. Óia, já tamo chegano.

Haviam chegado, de fato, a uma casa simples mas ampla para os padrões locais, com varanda e um belo jardim na frente. Vitalino avisou:

— Eles tão aí dentro, esperando ocêis: Zé do Espaço e Cometa.

Eduardo e Mônica olharam-se, francamente decepcionados: viajar tanto, mirar tão alto, para cair numa esparrela tão rasteira, de um humor tão matungo! Zé do Espaço e Cometa, francamente! Entraram na casa, preparados para o coro de gargalhadas jocosas que os aguardava... E quedaram-se, atônitos, petrificados, como se tivessem sido plasmados no chão naquele instante, e não soubessem como se movimentar. Estavam diante de dois inequívocos extraterrestres!

O choque inicial deu lugar a uma constatação: aquelas formas físicas eram tão diferentes das formas humanas e, ao mesmo tempo, tão familiares que não chegavam a ser assustadoras. Compreenderam o porquê: aquelas criaturinhas de menos de um metro e meio correspondiam aos desenhos que já tinham visto mil vezes, desenhos que reproduziam os ETs de acordo com a descrição de quem já os tinha visto. Claro! Tantas pessoas não poderiam ter mentido, a própria mendacidade tem limites. Eram os extraterrestres, como sempre disseram que seriam. Verdes, sim. A cabeça desproporcional ao corpo também. A aparente fragilidade física, com braços e pernas finos. A cabeça e os olhos negros absurdamente maiores do que o nariz e a boca, esta um risco desprovido de lábios, quase cômica quando se abria e mostrava a ausência de dentes. Eles sempre estiveram com a razão, os abduzidos que se expuseram corajosamente ao ridículo descrevendo sua história implausível... Os delirantes visionários que perderam o respeito alheio ao narrar o que seus olhos realmente viram — discos voadores e homenzinhos verdes. Eles sempre tiveram razão, aqueles teimosos lutadores pela verdade, desacreditados até por maridos, esposas, pais e filhos.

Os dois extraterrestres conversavam entre si, numa linguagem em que nenhuma frase, palavra, vogal ou consoante soava como algo que Eduardo e Mônica já tivessem ouvido semelhante na vida. Uma algaravia cósmica.

— Vitalino — sussurrou Mônica, aflita. — Eu não entendo o que eles estão falando.

— Carma. Eles tão se entendendo na língua lá deles. Quando falar co' cêis, ocêis vai entendê tudo. Tenha medo, não.

Não era medo. Era agora uma emoção que quase lhe obnubilava os olhos, quase lhe vergava as pernas. Cada vez mais, ela sentia a dimensão do acontecimento diante de si e, pela expressão de Eduardo, teve certeza de que ele sentia o mesmo.

Então, os dois extraterrestres se aproximaram, tranqüilos, confiantes, confiáveis. E, da boca minúscula e sorridente de um deles, Mônica ouviu a voz metálica:

— Num se arreceie não, gente. Nóis tudo aqui é de paz.

A boca e os olhos de Eduardo e Mônica fizeram um círculo perfeito. Aquele sotaque matuto era mais do que incongruente com o que seria de se esperar de uma espécie altamente evoluída. Era uma... aberração! Uma anomia! Como explicariam aquilo aos leitores do jornal? Como transcrever o diálogo ridículo dos dois repórteres com Zé do Espaço e Cometa, a dupla sertaneja?

Mônica, mais prática, recuperou-se antes que o espanto virasse vexame. Perguntou, diplomática:

— Você... o senhor... como devo tratar... quer dizer, qual é o seu nome?

O ET emitiu um som absolutamente incompreensível. Mônica pensou em repetir o som que ouvira, mas, temendo desencadear um mal-entendido de dimensões intergaláticas, reconheceu:

— Desculpe, mas, se este é o seu nome, acho que eu não consigo pronunciar.

— E eu num sei? — risadinha metálica. — Nenhum terraco consegue pronunciá nosso nome. Vitalino arresolveu o probrema me chamando de Zé do Espaço. E o meu colega, aqui, de Cometa. Tem também o Matusalém, vurgo Matusa, que tá proseando com o padre Jonas. Caramuru e Jorge Jetson, que faiz contato com uma tribo da Amazônia. Esse disgrama taca pilido em nóis tudo: Flas Gordon... Muié Maravia... Marciano... Né, cumpade? – perguntou para Vitalino, que concordou, rindo com gosto.

Definitivamente, não era o diálogo que Eduardo e Mônica esperavam. Mônica consolou-se com a lembrança de um epigrama do seu professor preferido na universidade: "Só os medíocres se levam a sério." Eduardo, para quebrar tanta informalidade, perguntou (com receio de estar cometendo alguma quebra de ética da discrição mineira) se poderia fotografá-los. Emocionado, ouviu de Zé do Espaço e Cometa uma resposta alegremente positiva. Os dois posaram lado a lado, com o sorriso mais largo que a exigüidade da boca conseguia produzir, e Mônica se perguntou se um deles faria um chifrinho com os dois dedos longos e finos por trás da cabeça do outro.

Eles também não se furtaram à entrevista que Mônica pediu. Eis a transcrição de uma breve parte das mais de duas horas gravadas:

– Desde quando os senhores visitam nosso planeta?

– Adepende. Eu e Zé do Espaço viajamo pra Alcalá desde a fundação da cidade, há mais de cento e cinqüenta ano. Aprendemo portuguêis com o trisavô de Vitalino, coroné Germano. Hoje, Alcalá é a base central do nosso praneta na Terra. É aqui que todos os módulos espaciá que nóis pilota se reúne no dia de ir pra nave-mãe e vortá pro espaço.

– Onde está a nave-mãe?

– Esperando nóis logo depois de Plutão, que fica a quatro bilhão e trezentos milhão de quilômetro da Terra. Uma viage de menos de quatro minuto daqui inté lá.

– Onde estão seus colegas agora?

– África, América do Sur, lugare assim... Nossa equipe pesquisa os país e os povo que fica no andar mais baixo da escala sociá do seu praneta. Os mais pobre, mais espoliado, mais esquecido. Nóis semo a Turma do Andar de Baixo.

Depois da entrevista, Mônica guardou na sacola o gravador, como se fosse uma pedra preciosa. Ela não se separaria mais dele até ver cada palavra transcrita em seu jornal, junto com seu nome e o de Eduardo, na mais espetacular reportagem da história da imprensa. Já nem se importava mais com o sotaque caipira dos extraterrestres. Tinham a entrevista e uma profusão de fotos tiradas.

Eles conheceram ainda, no fundo da casa, uma espécie de barracão, construído com um material que não se parecia com nada fabricado na Terra. Eduardo tirou mais fotos. Ali funcionava a ilha de som, com uma parafernália de equipamentos siderais, onde Caramuru e Jorge Jetson, a dupla da Amazônia, comunicavam-se com os outros colegas espalhados pelo planeta, e que, no dia seguinte, se reuniriam em Alcalá. Não puderam conversar com aquela dupla – assim como Zé do Espaço e Cometa só falavam português, Caramuru e Jorge Jetson só falavam o dialeto da tribo amazônica que os hospedava na Terra. Zé do Espaço explicou:

– A gente visita muitos praneta habitado, onde o povo fala línguas diferentes, que nem aqui. Aí, cada dupra, geralmente, aprende só uma língua ou dialeto local, pra mode não confundir mais tarde. O trabaio de Caramuru e Jorge Jetson na Amazônia é o mais importante na Terra, porque o futuro do seu praneta tá é lá.

Mais tarde, uma senhora anunciou o almoço. Os extraterrestres tinham seu próprio alimento, mas Eduardo e Mônica fizeram as honras com gosto. Era uma comida feita na banha, que Mônica normalmente detestaria, mas, naquele dia, achou deliciosa e fez questão de elogiar:

– Sua mãe é uma cozinheira fantástica, Vitalino.

– Ela num é minha mãe. É minha esposa, Cecília.

Pela primeira vez, houve um instante de autêntico mal-estar. Mônica sentiu o rosto arder, e Eduardo não pôde deixar de olhar, rápida mas fixamente, para a mulher. Era surpreendente: Vitalino, o maciço e titânico Vitalino, que devia ter no máximo trinta anos, casado com uma matrona que, seguramente, tinha mais de cinqüenta! Eduardo notou, porém, o desconforto de Vitalino e de seu irmão, Messias, e afundou suas cismas no molho pardo do frango.

Terminado o almoço, Zé do Espaço acompanhou o casal até a varanda e pediu que se sentassem. Ficou claro que seria uma conversa séria e particular. Pela primeira vez, ele trocava a informalidade por um tom hierático.

– Eu tenho um convite mode fazê procêis. Mais que um convite, é um pervilégio que poucos terraco tiveram inté hoje. Vitalino foi um deles. Ele passô uns tempo viajano pelo espaço com nóis. Viu maravias que num dá pra discrevê cum palavras. Ocêis é jornalista. Vão vortá com histórias pra contá e pra mostrá. Vão enxergá muito além das frontera humana. De tempos em tempos, nóis escolhe gente muito especiá pra compartilhá isso com nóis. Ocêis tá convidado.

– Mas por que eu e Eduardo? – Mônica estava aflita. Zé do Espaço pedia-lhes, simplesmente, que trocassem a glória jornalística mundial em seu planeta por uma aventura no cosmos. – Por que nós somos assim tão especiais, Zé do Espaço?

– Aquele ufólogo do Caderno de Ciências num falô sobre Alcalá concêis por acauso. Nóis queria conversá concêis antes de vortá lá pra riba no espaço. Quando chegá a hora, nóis percisa de gente como ocêis, Vitalino e Messias do nosso lado. Muitas mudanças tão vindo. O home, atuarmente, causa o desaparecimento de cinco mil tipos diferentes de vida por ano no praneta. E ele, ao contraro do que pensa, não é mió nem mais importante do que nenhuma outra espécie de vida. Ocêis pode ajudá no futuro, ainda que num saiba como, agora. Mas num percisa arrespondê nesse momento. Ocêis vão pra pensão, pensa bem. Amanhã vorta cum a resposta interrompeu a conversa e apontou para a estrada. – Mas antes de ir, aproveita pra conhecer o Matusa, que lá vem de carona com o coroinha do padre Jonas. Ele é o veterano da nossa Turma do Andar de Baixo. Tem mais de trêis mil ano de idade, pelo calendário da Terra. Tá há dois mil e quinhento ano trabaiando na Palestina. Mas, antes de ir embora, vem pra Alcalá mode proseá com o padre Jonas. Matusa fala latim, árabe, hebraico, grego, sânscrito, aramaico, é o único porigrota da equipe. Num sabe portuguêis, mas conversa em latim com o padre Jonas, que gosta muito de ouvir as história da Palestina, principarmente as do tar de Jesus, que Matusa conheceu bem.

Eduardo e Mônica se enterneceram com a figura milenar que saía, sem esforço aparente, do velho jipe e caminhava aprumado em direção à casa. Cumprimentaram Matusalém com um gesto de mão (que vontade de saber latim!) e ele correspondeu com um sorriso que os emocionou (quantas emoções podem caber num único dia?). Antes de ir, perguntaram a Zé do Espaço quanto tempo duraria a viagem. Ele deu uma risadinha estranhamente mineira:

— Na velocidade em que a gente viaja, ocêis vai vortá com a mesma idade que saíro. Tão joves como agora. Ocê, Eduardo, com vinte e quatro ano. E ocê, Mônica, com vinte e trêis – "Ele sabe até a nossa idade!", o casal comentou depois, na pensão. – Zé do Espaço também garantiu: – E não se preocupa com o idioma. Nóis tem um método que, em dois mêis, ocêis tá falando a nossa língua cum a mesma prefeição que eu falo a sua.

Eduardo e Mônica passaram a tarde e a noite ouvindo a entrevista gravada e discutindo os trechos que achavam mais instigantes. *"As foto e filmage que ocêis vê de disco voador, muitas vêiz é verdadeira. Àis vêiz, argum piloto nosso faz umas molecage, segue avião de perto, faz ziguezague no céu que arguém firma com câmera, aquela luzinha dançano no céu, de noite. O Comando não gosta, mas tolera. É bão mode os terraco ir acostumando com a existência de extraterrestre, porque, no futuro, eles vão tê notícia de nós, e aí inté o editô do seu jorná vai querê publicá. (...) Nos anos cinqüenta, uma nave nossa caiu e espatifou num lugá chamado Rossuél, nos Estados Unido. Um dos nosso morreu, ôtro soberviveu umas hora. Eles esconderam o caso inté hoje, vê quem pode! Mió pra nóis. (...) Quando a gente qué, aciona um sistema de camufragem e antão nossas nave se confunde com o ambiente a ponto de ficá compretamente invisive. Tem trêis nave em redor da casa de Vitalino: a minha e de Cometa, a de Matusalém e Flas Gordon, a de Caramuru e Jorge Jetson. Cês quase trombaram na nave de Caramuru e não viram..."*

Na noite seguinte, a noite da partida, o céu estava novamente glorioso. Cometa perguntou a Mônica:

— Sabia que numa noite de céu aberto e sem lua que nem essa dá pra contá inté duas mil e quinhentas estrela a olho nu? Isso é uma parte pequetita das maravia que ocê mais Eduardo vão conhecê.

Lá em cima, as luzes de dezenas e dezenas de naves pareciam brincar de pega-pega, enquanto esperavam suas três companheiras retardatárias. Zé do Espaço avisou ao casal:

— Cêis vêm comigo mais Cometa. Vai sê meio apertado, mas em quatro minuto a gente passô de Plutão e com mais trêis segundo chega na nave-mãe. Lá dentro é danado de grande, inté pro tamanho docêis. Mas, Eduardo, que traquinada é essa que cê tá levando, minino?

Eduardo mostrou:

— Filmadora, máquina fotográfica, gravador...

Zé do Espaço abriu a maior risada que sua minúscula boca conseguia:

— Deixa essas ferramenta de home das caverna pra lá, criatura! Nóis vai te dá equipamento de gente grande, mode ocê se esbaldá — Subiram a rampa da nave, enquanto, silenciosamente, Vitalino, Cecília, Messias, Edvaldo e centenas de moradores locais acenavam.

Zé do Espaço perguntou para Eduardo e Mônica:

— Sabem mode quê escolhemo Alcalá pra ser nossa base central? — E, diante da negativa, respondeu, mais para si mesmo do que para eles: — Porque aqui véve o mió povo do seu praneta.

Agora eles estavam no alto da rampa da nave. Eduardo e Mônica tiveram que abaixar a cabeça para passar pela porta. Zé do Espaço, antes de entrar, acenou para Vitalino. O caboclo gritou, quase chorando:

— Inté o próxima, cumpade! Vê se vorta logo! E vai com Deus!

— Com Deus nóis todos! — respondeu o extraterrestre. E partiram.

Esta é a história. Tudo que ela possa sugerir de miraculoso é, na verdade, perfeitamente natural, mesmo porque, como escreveu Santo Agostinho, "os milagres não contradizem a natureza, só contradizem o que nós não sabemos sobre ela".

Eduardo e Mônica deixaram cartas para parentes e amigos, explicando sua partida e prometendo a volta para dali a pouco tempo. As cartas não puderam ser entregues, porque a promessa não poderia ser cumprida. É o único remorso que nós guardamos em toda a história, mas há uma remissão para ele. A promessa demonstra que, apesar de bons jornalistas, eles desconheciam (ou seu entusiasmo os fez esquecer) os princípios mais elementares da Teoria da Relatividade, de Einstein.

Quando um corpo está em movimento, o tempo passa mais lentamente para ele. Viajando numa espaçonave a 1 bilhão e 70 milhões de quilômetros por hora (10 milhões a menos que a velocidade da luz), o passageiro envelhece dez anos mais devagar do que uma pessoa que ficou na Terra. E, já que essa pessoa na Terra estava virtualmente parada em relação à velocidade da espaçonave, o tempo passou dez vezes mais rápido para ela — mas isso, do ponto de vista do terrestre, é claro. Para os passageiros da espaçonave, serão eles que terão a experiência de sentir o tempo indo mais devagar.

Assim, o tempo deixa de ser um valor universal e passa a ser relativo do ponto de vista de cada um – daí o nome "Relatividade". Einstein afirmou, arrojadamente, acertadamente, que o tempo deixaria de existir se pudéssemos viajar à velocidade da luz. Afirmou, porém, que não existe velocidade maior que a da luz. Bem, Einstein era um gênio, mas era apenas um terráqueo.

Quando voltarem, Eduardo e Mônica estarão com a mesma idade que tinham quando partiram. Mas, para nós, em nosso planeta, trinta anos terão se escoado. Por isso, Vitalino parecia ser tão mais jovem do que sua mulher, Cecília, e Messias, seu filho, parecia ser seu irmão. Acontece que não parecia, apenas: de fato, era. Vitalino também havia viajado acima da velocidade da luz pelo cosmos, com Zé do Espaço, Cometa e toda a Turma do Andar de Baixo. No seu caso, a viagem havia durado vinte e cinco anos pelo calendário terrestre. Partira com 28 anos, deixando uma mulher de 26 anos e um filho de dois. Voltara com a mesma idade, encontrando uma mulher de 51 anos e um filho de 27.

E o que Eduardo e Mônica encontrarão quando voltarem? Faz quase um ano que partiram, daqui a vinte e nove retornarão. Conhecerão planetas com a vida em estado embrionário, como a Terra no período cambriano, há 600 milhões de anos. Em estado rudimentar, como a Terra hoje. Ou planetas altamente evoluídos, com civilizações e tecnologias muito acima da nossa compreensão, como o planeta de Matusa. Eduardo e Mônica testemunharão mortes e nascimentos de estrelas. Chegarão o mais perto que é possível chegar de um Buraco Negro sem ser sugado. Eles verão coisas que, para nós, estão, como naquele seriado de TV, além da imaginação.

Mas será que, depois de se embriagarem com a grandeza do universo, aceitarão voltar a este pequeno planeta de pequenos líderes e pequenas ambições? Se retornarem, o jornal onde trabalhavam haverá de se lembrar do jovem casal tão promissor? O que será até lá da Amazônia tão querida de

Caramuru e Jorge Jetson? Continuará sendo devastada, diante da atonia pública?

Quanto a mim, não estarei aqui para saber. Matusa curou minha artrite e meu reumatismo, mas não tem poderes para curar minha decrepitude. Quando voltar, não poderá mais prosear com seu velho amigo Jonas. Não vou viver três mil anos, como ele. Meus 74 anos de idade e quase cinqüenta de sacerdócio me parecem mais do que suficientes para uma vida na Terra. Relembro sempre enternecido tudo o que Matusa me contou sobre seus vários colóquios com o homem Jesus. Na última vez em que vi meu extraterrestre preferido, eu lhe perguntei se Jesus aprovaria o destino que demos a Eduardo e Mônica. Matusa me disse que, breve, eu poderia – quem sabe? – fazer a pergunta pessoalmente a Ele, em algum lugar do cosmos.

SUBORNO

Com a ajuda de gravações telefônicas autorizadas pelo Ministério Público, a Polícia Federal pôde desbaratar uma quadrilha que tentou fraudar uma licitação milionária do Ministério da Cultura. As investigações levaram a quatro nomes que se envolveram, de diferentes maneiras, em mais esse golpe contra os cofres públicos. O poderoso empresário Newton Salim. Seu lobista, o advogado Charles Chaves. A modelo e garota de programa Maria do Rosário, a "Ingrid". E o até então obscuro ex-ator e poeta Pedro Pedrosa, convidado pelo atual governo para ocupar um cargo de assessor na diretoria financeira do ministério. Na gravação transcrita, Newton Salim e Charles Chaves conversam ao telefone sobre a propina de 200 mil reais que seria paga a Pedro Pedrosa.

Salim: Tudo bem com o nosso amigo?

Chaves: Tudo bem. O Pedrosa é meio esquisito, mas é gente boa. Meio paranóico, como todo intelectual, mas confiável. Ele disse que resolveu seguir o caminho de Raskolnikov: pessoas brilhantes como ele não têm que obedecer às mesmas leis que as pessoas comuns.

Salim: Espera aí. Esse Raskolnikov não fazia parte do esquema. Ele é da turma do Pedrosa lá no Ministério da Cultura?

Chaves: Não, Dr. Salim. Tem a ver com o Dostoiévski.

Salim: Porra, Chaves! Tá entrando gente demais na jogada! Vai foder o esquema!

Chaves: Calma, Dr. Salim! Dostoiévski é um escritor. Escreveu *Guerra e paz*, nunca ouviu falar?

Salim: Não. Esses livros sobre nazismo eu não tenho saco pra ler. Mas deixa claro com o Pedrosa que o nosso trato é só com ele e os colegas dele no ministério. Se ele quiser dividir a parte dele com o tal Raskolnikov ou outro alemão qualquer, tudo bem. Mas o preço total do pacote já tá fechado, e a parte dele não dá pra aumentar. São duzentos mil reais redondos.

Chaves: Certo. Tá tudo nos conformes com o Pedrosa. O cara é firmeza.

A conversa seguinte, também entre Charles Chaves e Newton Salim, é nervosa. Pedro Pedrosa não era tão "firmeza" como Chaves imaginava.

Salim: Chaves? É o Salim. Novidades?

Chaves: Novidades e dificuldades. Já ia te ligar. O Pedrosa saiu de uma sessão de psicanálise com a cabeça cheia de dúvidas. Parece que o analista questionou a noção de ética do cara. Um papo meio enrolado, tem até sexo no meio, retenção anal, não entendi bem, a Rosário não soube explicar.

Salim: Caralho, Chaves! Eu já tava dando esse negócio como resolvido! Será que esse veado explicou o nosso esquema pro psicanalista dele também? Já não basta o Raskolnikov?

Chaves: Calma, Dr. Salim. Psicanalista é igual padre, e consultório de psicanálise é igual confessionário. Não vaza nada.

Salim: Mas o cara vai ter crise emocional a essa altura do campeonato? Com a concorrência já quase na nossa mão?

Chaves: Eu te disse que intelectual é problemático. Mas sacana ele não é, pode ficar tranqüilo. Deixa que eu me entendo com ele. Conheço o Pedrosa, fomos colegas de colégio. Naquele tempo ele já era meio doido. Todo cara do colégio namorava e até comia as alunas. Ele só escrevia poemas pra elas. E ainda tinha medo de entregar.

Salim: Mas agora ele vai ter que tomar uma atitude de homem. Daqui a pouco, acaba o prazo da concorrência, e a gente dança. Afinal, o Pedrosa não disse que essa grana caiu do céu pra ele?

Chaves: Disse! Pedrosa é rato de biblioteca, metido a artista, mas sempre foi um fodidão. Tentou ser ator, mas só conseguiu papelzinho de merda no teatro e de figurante na TV. Escreve livro de poesia, que não dá grana nenhuma. Agora que conseguiu essa boquinha no ministério, vai querer sair da miséria enquanto pode. Eu vou ligar pra ele, só pra te tranqüilizar.

A garota de programa Maria do Rosário, a "Ingrid", foi usada como isca por Chaves e Salim para seduzir Pedrosa. Apresentaram-na a Pedrosa, numa festa na mansão de Salim em Brasília, como filha de milionários suecos naturalizados brasileiros. Apesar de seus terrores e escrúpulos em participar de uma fraude, a paixão do funcionário do ministério pela linda Rosário acaba mostrando-se essencial para o desenrolar do plano, como mostra este telefonema de Charles Chaves para Pedro Pedrosa.

Chaves: Pedrosa, meu querido! É o Chaves de novo.

Pedrosa: Chaves! O que foi? Descobriram tudo? Eu já imaginava!

Chaves: Peraí, cara...

Pedrosa: Cobri de lama o meu nome e o nome da minha família!

Chaves: Devagar aí, Pedrosa. Ninguém descobriu nada. E pára de choramingar, porra!

Pedrosa: O que foi, então?

Chaves: Eu é que te pergunto. O negócio tá todo nas suas mãos. Você já me disse que conversou com os seus colegas do ministério, e a compra já tá amarrada. O Dr. Salim só espera o seu ok final. Duzentinhos pra você e o combinado aí pros seus colegas. E é só o começo. Tem muita grana esperando nas próximas licitações, compadre. Avisa pra sua turma. Ou algum deles roeu a corda?

Pedrosa: Não. Aqueles burocratas estão entusiasmados com o negócio. Ou melhor, com a *negociata*. Vamos ser claros e diretos, como um texto de Hemingway.

Chaves: Hã... Certo. Então, claro e direto: é só você dizer quando e onde a gente leva o dinheiro. Sua turma fatura a grana, meu cliente fatura a concorrência e estamos conversados. Duzentos mil, Pedrinho! Quantos livros de poesia você precisa vender pra faturar isso?

Pedrosa: Meus livros são um fracasso financeiro! Minha vida é um fracasso emocional! Mas eu não sou capaz de superar dilemas morais por dinheiro com facilidade, Chaves. Não sou como um capitalista de Wall Street num romance de Tom Wolfe.

Chaves: Pedrosa, minha flor. Desculpe cortar seu barato literário, mas deixa eu te lembrar uma coisa. Quando esse governo sair, você sai junto com ele e volta pra pindaíba em que sempre viveu. Escrevendo poesia que ninguém lê e artigo pra jornalzinho de sindicato. Você já passou dos quarenta anos, Pedro Pedrosa. Sua chance é agora ou nunca, meu amigo. Esquece seus dilemas morais ao menos uma vez na vida, pra ficar rico e feliz como eu. Ou você acha que é assim tão melhor do que o seu amigo aqui?

Pedrosa: Não sou não, Chaves. Nem você é discípulo de Tartufo, nem eu sou discípulo de Pangloss. Aliás, em "Cândido" mesmo, Molière escreveu que...

Chaves: Dá um tempo na filosofia aí, compadre! Pensa no seu futuro. Filósofo termina na sarjeta, e eu tô te tirando dela. Aliás, você vai mesmo precisar de dinheiro. Te vi num restaurante francês, vestido com um terno Armani. Que foi? Já tá gastando por conta?

Pedrosa: É por causa da Ingrid. Custa caro namorar uma Duquesa de Guermantes. Das mulheres de Proust, eu até hoje só namorei as Odetes. E de Charles Swann eu só tenho a cultura, não tenho a fortuna.

Chaves: Deixa a fortuna por minha conta. Com a grana que eu vou pôr na sua mão, você vai continuar fazendo bonito pra sua duquesa sueca pelo resto da vida.

Pedrosa: Tudo bem. Vou ter uma conversa final com os colegas do ministério. Te dou uma resposta assim que estiver tudo definido.

Nesta conversa telefônica entre Charles Chaves e Maria do Rosário, fica bem definida a participação de "Ingrid" na tramóia. Ela é, de fato, uma espiã a serviço de Chaves e Newton Salim. Eles a hospedaram na suíte de um hotel cinco estrelas de Brasília, como convinha a uma filha de "milionários suecos".

Chaves: Rosário? É o Charles.

Ingrid: Ôi, amor. Me chama de Ingrid, tá? Gostei do nome e tô me acostumando com ele.

Chaves: E o nosso amigo, como vai? Ele tem te contado mais alguma coisa, fora a conversa com o analista sobre ética e dilemas morais?

Ingrid: Não. Ele só fica vomitando cultura e escrevendo poesia pra mim. Já dá pra publicar um livro só com versos sobre os meus olhos e o meu sorriso.

Chaves: Mas você não tem do que reclamar. Ele tá te cobrindo de presentes e gastando dinheiro nos restaurantes mais caros de Brasília, você mesma me disse. Ele vai acabar indo à falência.

Ingrid: Isso é ruim?

Chaves: Não! É ótimo! Quanto mais endividado ele ficar, mais fácil pra nós. Seu trabalho tá melhor do que a gente pensava, Ingrid. Quando é que os dois apaixonados vão sair de novo?

Ingrid: Hoje à noite. O bolha vai me levar a um balé, achando que a princesa aqui ama essas coisas.

Chaves: Princesa, não. Duquesa.

Ingrid: Como é que é?

Chaves: Deixa pra lá. Continua fazendo o bobalhão gastar o máximo que você puder. Deixa ele se enforcar bastante, que assim ele não tem como recusar o nosso negócio. Faz também ele beber até ficar de pileque e falar à vontade. Nem que seja sobre retenção anal. Mas fica atenta. Vê se não perde nada do que ele disser.

Ingrid: Esse é que é o problema. Metade das coisas que ele fala eu não entendo, e a metade que eu entendo me mata de preguiça. Cada vez que ele diz "deixa que eu vou te explicar direitinho", eu sei que vai rolar papo-cabeça três horas seguidas. E eu tenho que ouvir, com os olhinhos arregalados de admiração. É foda!

Ingrid mostra aqui sua habilidade para manipular e tirar partido da paixão demonstrada por Pedro Pedrosa.

Pedrosa: Ingrid? Bom-dia, duquesa. É o Pedro.

Ingrid: Pedrinho, amor!

Pedrosa: Gostou da noite de ontem?

Ingrid: Ai, mô, adorei! Aquele restaurante é fantástico! E eu não conhecia, imagina!

Pedrosa: Não foi um banquete do "Satyricon", de Petrônio, mas a comida é boa. Indicação de um colega meu, lá do Ministério da Cultura.

Ingrid: Você quase não fala do seu trabalho no ministério, nem dos seus amigos...

Pedrosa: Falar sobre trabalho é muito chato.

Ingrid: Depende do trabalho. Cultura é um troço que me deixa fascinada. Homem culto, então! Minhas amigas morrem de inveja quando eu digo que meu namorado é um ator, poeta e alto funcionário do Ministério da Cultura.

Pedrosa: Ex-ator, que nunca emplacou um papel de sucesso. Poeta desconhecido, que nunca soube o que é uma segunda edição de um livro seu. E burocrata, que vai perder o emprego, assim que o ministro sair. Não sou nenhum Jay Gatsby, de Scott Fitzgerald.

Ingrid: Comigo você não precisa ser tão modesto, bobão. Eu sei dar dar valor à inteligência, à superioridade intelectual de um homem. Foi isso que me deixou assim, tão... sei lá... Ah, vou ser franca... Tão apaixonada por você!

Pedrosa: Oh, Ingrid! Eu também nunca senti nada igual na minha vida, por mulher nenhuma! Acho que também estou completamente apaixonado.

Ingrid: "Acho"? Ou tem certeza?

Pedrosa: Tenho certeza! Olha, você toparia uma comida caseira deliciosa no domingo que vem? Eu queria te apresentar pra mamãe. Ela é uma mulher maravilhosa, uma verdadeira "Mãe Coragem" do Brecht, você vai adorar. E ela também vai adorar te conhecer. Ela sempre quis que eu tivesse um compromisso sério com uma moça de classe como você.

Ingrid: Mãe? Mas a gente se conhece só há um mês, amor. Eu te amo, mas... Vamos esperar mais um tempinho, tá?

Pedrosa: Desculpe. Você deve estar me achando um sátiro impetuoso. Eu não sou assim, juro! É que, desde que eu te conheci, eu penso em você o tempo todo. E, quando eu penso em você, minha cabeça dá piruetas que nem aqueles bailarinos de ontem.

Ingrid: Ameeeei aquele balé! Bem você avisou que o balé clássico é uma das manifestações mais sublimes da arte. Não foi assim que você falou outro dia?

Pedrosa: Foi assim mesmo. Mas aquele balé de ontem é balé moderno, não é balé clássico.

Ingrid: Ah, é? É que... eu fiquei tão emocionada que nem notei.

Pedrosa: É diferente, meu anjo. O balé moderno começou depois de "A Sagração da Primavera", em 1913. Você nunca ouviu falar em Stravinsky, Nijinsky e Diaghlev? Deixa que eu vou te explicar direitinho...

Newton Salim, cada vez mais impaciente, liga para Charles Chaves.

Salim: Eu já sei por que você escolheu esse Pedro Pedrosa pra intermediar o nosso negócio. É pra me causar um infarto. Vocês três querem me infartar, você, a Rosário e esse poeta desgraçado!

Chaves: Dr. Salim, eu e a Rosário estamos fazendo o possível. O cara vive em outro planeta.

Salim: No planeta dele as pessoas não gostam de dinheiro?

Chaves: Parece que não. Se isso serve de consolo, a Rosário também está quase tendo um troço. Nem transar com ela o palerma ainda transou! Maior platonismo! Ele chama a coitadinha de Vênus de Urbino, Afrodite, Diana Caçadora. Ela me pergunta quem são essas mulheres, eu tenho de explicar que são deusas do candomblé, coisa de baiano.

Salim: Nós temos que forçar a barra, Chaves. Não esquece que, pra todos os efeitos, o Pedrosa tá namorando uma milionária, que não vai casar com um pé-rapado.

Chaves: Foi justamente pensando nisso que eu tive uma idéia, Dr. Salim. Bolei um plano pra fazer o Pedrosa ver que, sem dinheiro, ele perde a sua Duquesa de Guermantes.

Salim: Quem?

Chaves: Uma personagem de Proust.

Salim: Outro alemão. Ok. Vai lá e coloca a sua idéia em ação, seja lá qual for. Pior do que tá, não pode ficar.

O plano de Charles Chaves é simples mas eficiente, como comprova este telefonema.

Chaves: Alô, Pedro. E os nossos negócios?

Pedrosa: Tudo bem encaminhado. Só não tem ido mais rápido porque, sabe como é, a Ingrid me deixou meio desvairado de amor. Quem nem o Werther, do Goethe.

Chaves: Ah, sim. A Ingrid. Eu, se fosse você, ficava de olho vivo nela.

Pedrosa: Por quê?

Chaves: O ex-noivo dela voltou da Suécia. Um lourão boa-pinta, chamado Gustav Olesen. Parece que ele não se conformou com o fim do noivado. Veio ao Brasil atrás dela.

Pedrosa: Ai, meu Deus! Eu devia saber! Felicidade é uma palavra que não combina comigo!

Chaves: Mas convenhamos que esse romance não tinha futuro, né, Pedroca? A Ingrid tá acostumada com uma vida de luxo, e você não liga pra dinheiro.

Pedrosa: Vou telefonar pra ela agora mesmo!

A ligação de Ingrid para Charles Chaves demonstra o sucesso do plano do lobista.

Ingrid: Charles, pode ir se preparando pra receber um telefonema do Pedrosa acertando o seu negócio no Ministério da Cultura.

Chaves: Pra quando? Ele falou pra quando?

Ingrid: Imediatamente. Ele ligou pra cá, me convidando pra ir a uma exposição de arte hoje à noite. Eu disse que hoje à noite eu tinha um compromisso, ia sair com um amigo que chegou da Suécia. Ele começou a chorar. Disse que eu fui a única coisa bonita que aconteceu na sua vida de infortúnios, aquele papo pedrosiano...

Chaves: Tá. E aí?

Ingrid: Aí me pediu em casamento. Disse que só precisava resolver um negócio financeiro. Até fez planos pra lua-de-mel. Uma viagem a Dublin, a cidade de James Joyce. Outra viagem a Stratford-upon-Avon, onde nasceu Shakespeare. Outra a...

Chaves: Ok, ok. Depois você me conta. Agora eu preciso ligar pro Newton e acertar os detalhes. Vou pedir a ele pra te dar um pagamento extra. Você merece.

Charles Chaves, finalmente, recebe o telefonema de Pedro Pedrosa com as notícias que queria ouvir havia tanto tempo.

Pedrosa: Tudo resolvido com o meu pessoal no ministério, Chaves. Tudo resolvido com o seu cliente também?

Chaves: Tudo. Vamos levar o dinheiro em duas malas.

Pedrosa: "Vamos"? Vamos, quem?

Chaves: Eu e o Dr. Newton Salim, ora. A grana é dele. Ele quer participar da entrega e levar um plá contigo, numa boa.

Pedrosa: Pára de falar como marginal de peça do Plínio Marcos. Meus problemas de consciência ainda não estão bem equacionados. Eu me sinto como o Julien Sorel, de "O vermelho e o negro", meio cego pela ambição. Stendhal realmente conhecia os impulsos que levam um homem a...

Chaves: Pedrinho, minha flor, vamos falar de dinheiro? Pensa na Ingrid, na vida que vocês dois vão poder levar depois de casados. E pensa no Gustav Olesen, o ex-noivo milionário dela. Já te disse que isso é só o começo. Muita grana ainda vai rolar no futuro.

Pedrosa: Tem toda a razão, Chaves! Obrigado por me abrir os olhos pra realidade. Julien Sorel também usou a fortuna do Marquês de la Mole pra dar a Mathilde a vida de luxo que ela estava acostumada a ter. Vou anotar dia, horário e local pra você e o Dr. Salim levarem o dinheiro. O Dr. Salim pode considerar sua empresa, desde já, vitoriosa na concorrência do ministério.

O resto da história é bem conhecido, pois foi amplamente mostrado nos noticiários de televisão. Mas, como no Brasil escândalos assim acontecem quase semanalmente, é bom relembrar os fatos. A Polícia Federal havia ocultado microfones e câmeras no local do encontro. A imagem exibida mostra Pedro Pedrosa recebendo Newton Salim e Charles Chaves num pequeno escritório. As duas maletas de dinheiro são abertas.

Salim: Que tal, seu Pedro Pedrosa?

Pedrosa: Só posso repetir o que diz Sam Spade em "O falcão maltês", de Dashiell Hammett: "É disso que são feitos os sonhos."

Salim: É o que eu sempre digo também. Então? Quer conferir?

Pedrosa: É muito dinheiro.

Salim: Você nunca viu tanto dinheiro na vida, hein?

Pedrosa: Não. E acho que nunca mais vou ver.

Salim: Vai, sim. É só continuar me apoiando lá no ministério. Tem muito mais de onde esse veio.

Os policiais invadem o escritório e algemam os suspeitos. Newton Salim protesta, e Charles Chaves, apesar de assustado, aconselha-o a calar-se.

Chaves: Não diz nada, Dr. Salim! Se alguém tiver que falar alguma coisa, deixa que eu, que sou advogado, falo. Mas eu também vou ficar calado.

Pedrosa: Isso mesmo, Chaves. Acabou-se o que era doce. E, como disse Shakespeare, "o resto é silêncio".

Newton Salim e Charles Chaves foram presos em flagrante, levados pela polícia e libertados por um habeas-corpus. Respondem ao processo em liberdade e, com a dedicação dos mais competentes advogados e a habitual lentidão da Justiça, fatalmente conseguirão protelar seu julgamento até serem inocentados por decurso de prazo. Maria do Rosário, ré primária, também não corre o risco de prisão. Pedro Pedrosa, que havia denunciado, desde o início, a tentativa de suborno à Polícia Federal (que grampeara os telefones dele, de Salim e de Chaves), foi cumprimentado pessoalmente pelo ministro da Cultura e pelo presidente da República. Ele teve seu cargo no Ministério da Cultura efetivado definitivamente. Não corre mais o risco de viver dos direitos autorais de seus livros de poesia, ou seja, de brisa. Quando lhe perguntaram se sentiu medo em algum momento, ele disse que, pelo contrário, se divertiu o tempo todo. Sua experiência como ator foi muito útil para compor o personagem do intelectual ingênuo e neurótico. Uma parte da imprensa insistiu que ele teria se apaixonado de verdade por Maria do Rosário, fato que ela não fez questão de desmentir. Houve uma consternação entre os que fantasiavam o lado romântico do episódio depois que Pedrosa foi entrevistado sobre o assunto por uma revista de amenidades.

Repórter: "De tudo fica um pouco", disse o poeta. O que ficou de lembrança do seu relacionamento com Maria do Rosário?

Pedrosa: A lembrança de uma farsa muito mal produzida. Ela se fez passar por filha de milionários suecos. Mas eu nunca vi sueca precisar tingir o cabelo de louro, nem milionária usar bolsa Louis Vuitton falsificada.

Repórter: Mas Rosário é uma mulher linda. Em algum instante, você teve que conter um ímpeto de possuí-la?

Pedrosa: Em vários instantes, eu tive que conter um ímpeto de rir na cara dela. A Polícia Federal me mostrava a gravação de todos os telefonemas, pra que eu soubesse de tudo que estava acontecendo. Assim eu via onde estava pisando e não caía em ciladas.

Repórter: Então, você sabia o que Newton Salim, Charles Chaves e Maria do Rosário conversavam entre si pelo telefone o tempo todo?

Pedrosa: O tempo todo. Um diálogo suburbano, você não achou? Tão patéticos! Parecem personagens de Dalton Trevisan, pavoneando-se e achando-se o máximo, sem se darem conta de como são ridículos.

Repórter: Então, com toda a franqueza, você não sente nenhuma atração por Maria do Rosário?

Pedrosa: Nem por ela, nem por mulher nenhuma.

Repórter: Perdão. Será que eu entendi direito?

Pedrosa: Entendeu perfeitamente. Dez anos de psicanálise fizeram com que eu me aceitasse como realmente sou. Venci minhas obsessões, minhas culpas, minha retenção anal e minhas repressões sexuais.

Repórter: Quer dizer que você é... *gay?*

Pedrosa: Assumidíssimo e felicíssimo. Namoro há anos um funcionário do Itamaraty. É um relacionamento maravilhoso, entre duas pessoas maduras e inteligentes. Vivo uma fase de felicidade plena.

Outra personagem da história vive uma fase de felicidade plena. A fama inesperada levou Maria do Rosário a abandonar suas atividades como garota de programa e ingressar na carreira artística. Ela adotou definitivamente o pseudônimo de Ingrid e acrescentou-lhe o sobrenome Olesen. Ingrid Olesen. Já posou nua para duas revistas masculinas e vai estrear, brevemente, como apresentadora de um programa de TV. A imprensa comenta sobre um namoro entre ela e o craque Ronaldo, mas os dois desmentem e garantem que são apenas bons amigos.

Qualquer livro do nosso catálogo não encontrado nas livrarias pode ser pedido por carta, fax, telefone ou pela Internet.

Gutenberg Editora

Rua São Bartolomeu, 160A – Nova Floresta

Belo Horizonte-MG – CEP: 31140-290

Telefone: (31) 3423 3022

Fax: (31) 3446 2999

e-mail: editora@gutenbergeditora.com.br
vendas@gutenbergeditora.com.br

Visite a loja da Gutenberg na Internet:
www.gutenbergeditora.com.br
ou ligue gratuitamente para
0800-2831322